亲见

战地摄影记者在朝鲜

杜文亮　口述
杜　娟　整理

中国文史出版社
CHINA CULTURAL AND HISTORICAL PRESS

图书在版编目（CIP）数据

亲见：战地摄影记者在朝鲜 / 杜文亮口述；杜娟整理 .
-- 北京：中国文史出版社，2023.7

（抗美援朝亲历记）

ISBN 978-7-5205-4149-7

Ⅰ.①亲… Ⅱ.①杜… ②杜… Ⅲ.①纪实文学—中
国—当代 Ⅳ.① I25

中国国家版本馆 CIP 数据核字（2023）第 114036 号

责任编辑：窦忠如　　方云虎

出版发行：中国文史出版社

社　　　址：北京市海淀区西八里庄路 69 号　　邮编：100142

电　　　话：010-81136606　81136602　81136603（发行部）

传　　　真：010-81136655

印　　　装：北京新华印刷有限公司

经　　　销：全国新华书店

开　　　本：710×1010　1/16

印　　　张：11.75

字　　　数：176 千字

版　　　次：2023 年 7 月北京第 1 版

印　　　次：2023 年 7 月第 1 次印刷

定　　　价：36.00 元

出版说明

2023 年是抗美援朝战争胜利 70 周年。

习近平总书记强调指出,抗美援朝战争的伟大胜利,是中国人民站起来后屹立于世界东方的宣言书,是中华民族走向伟大复兴的重要里程碑,对中国和世界都有着重大而深远的意义。抗美援朝战争锻造形成的伟大抗美援朝精神,是弥足珍贵的精神财富,必将激励中国人民和中华民族克服一切艰难险阻、战胜一切强大敌人。

为纪念抗美援朝战争伟大胜利,中国文史出版社策划出版《抗美援朝亲历记》丛书,分为五册:《口述:我们的抗美援朝》《纪实:支援抗美援朝实录》《还原:抗美援朝 25 场殊死较量》《亲见:战地摄影记者在朝鲜》《亲历:一名汽车兵在朝鲜战场的日子》。本丛书秉承人民政协文史资料亲历、亲见、亲闻的"三亲"特色,突出志愿军普通指战员和普通民众的著述,以小故事反映大事件,通过历史当事人、见证人和知情人的回忆,生动翔实地记述中国人民伟大的抗美援朝战争中的重大事件经过和重要人物活动;再现了英雄的中国人民志愿军同朝鲜人民和军队共同抗击侵略者,以正义之师行正义之举的历史画面;彰显了中国人民不畏强暴的钢铁意志、万众一心的顽强品格、敢打必胜的血性铁骨、维护世界和平的坚定决心;充分印证了抗美援朝战争的胜利,是正义的胜利、和平的胜利、人民的胜利。

收入书中的文稿，部分选自本社已出版的《纵横》杂志或专题图书。为尊重作者原意，保持了原作原貌，入选文稿除统一年代、数字、称谓等标准用法，删除个别词句外，未对内容做大的改动。对有些篇幅过长的文章，节选其相关内容或主要部分。书中的部队番号做到单本书统一用法。

　　抗美援朝战争伟大胜利，将永远铭刻在中华民族的史册上！永远铭刻在人类和平、发展、进步的史册上！

自序：难以忘却的记忆

我今年91岁，如果有幸再活几年，将是一个世纪老人了。对我来说，这91年的人生既简单又复杂。我当了30多年的兵，青少年时期大都在战争中度过。可以说，我是一个战争的亲历者，又是战争的幸存者。

我从孩提时，就经历了天灾人祸的艰难困苦和血雨腥风的烽火战场。我眼中的抗日战争、解放战争、抗美援朝战争，不仅仅有流血、牺牲、贫困、饥荒，更有在战场上让我难以忘怀的那个年代人们爱国、积极、乐观、朴实、无畏的精神。

我出生在一个贫困的农村家庭里，没上过多少学。未成年的我，15岁就参加了革命。如果说我还有一点能力为革命事业和祖国建设做过一些工作，那都是在革命的大熔炉里锻炼出来的。没有共产党的培养教育，就没有我的今天。

如今我有了第四代，儿孙满堂，享受着和平幸福美满的生活。几年前，儿女们就和我提起过写回忆录的事，但被我婉拒了。因为我是一个平凡的人，原本没想留下有关我经历的任何文字。2018年7月的一天，孩子们又提起此事，他们说："你个人虽然平凡，但你所经历的年代并不平凡。"特别是我上小学四年级的小孙女和她妈妈说："太爷爷、太奶奶叫什么名字，爷爷的老家在什么地方，爷爷上过什么学，我们都不知道。能不能请爷爷写一两页纸，给我们留下。"

我想，孩子们说得这么恳切。对这种不高的要求，我无法再拒绝了。

在孩子们的鼓励下，我终于拿起离休后很少写字的笔，一笔一画地写了起来。当提笔的那一刻，一段段回忆涌上心头。每天写几百字，一连写了十几天，不知不觉，竟然写下6000余字。此时，我只感觉是在给后辈们讲那个年代的故事。

我毕竟年纪大了，心有余而力不足，写字的时候手总是禁不住发抖，无法继续下去。于是，在女儿的提议下，由我口述，女儿录音，然后由她整理成文。

作为军事摄影记者的我，在前线拍摄了数不清的照片。这些照片连同底片都已上交组织，其中一小部分作为废片或者是重复的样片退还给了我。这些当时被看作无用的小照片和底片被我保存下来，大家觉得还不错，特别是出版社的编辑同志认为这些照片很有价值，为史学家了解、研究那段历史提供了有力的佐证。于是，这些被我保存下来的照片和底片便成了这本书的一部分。

在抗美援朝战争前线，在敌人的炮火声中，在昏暗的坑道里，在蜡烛的微光下，在风餐露宿的行军途中，我写了数万字的日记，并且一直珍藏至今。当时虽然我的文化水平不高，却真实地记下了我的亲身经历和感受。没有华丽的词句，更没有刻意的描述，只有点点滴滴的现场记录，如今读起来仍备感亲切，好像又回到了半个多世纪前的朝鲜战场……

我谨以此书纪念那个年代流血牺牲的战友们，并将这段历史呈现给后人。

为国捐躯的战友们，我怀念你们！

愿你们安息！

祝愿我们的国家繁荣昌盛！

老兵杜文亮

2020 年 6 月 25 日于北京

目 录

第三章　在六十七军的日日夜夜

第四章　感受前线炮火

第五章　短暂的回国时光

第六章　继续战斗

引 子

1929年农历十月二十四日[①]，我生于河南省清丰县[②]大屯乡店上村。

出生后不久，家里老人请了个算命先生给我算过命。算命先生对家人说："这孩子好命，将来有福。不过他在家待不长，以后要离开家，远走高飞。"

这些话在我记事以后，家人告诉了我。我一直记得这些话，却总是半信半疑。

在今天看来，那个算命先生的话还真有点儿"灵验"。

我确实很小就离开家乡，参加了革命，之后几十年都是在外地工作。我的家乡清丰县是中国唯一一个以平民孝子之名命名的县，而我却没能在父母身边尽孝。这不能不说是我终生的遗憾。

---

① 这是作者杜文亮出生的准确日期，也是多年以后其表姐告诉他的。之前作者一直不清楚他出生的准确日期，所以登记的档案信息都是1930年出生。

② 清丰县是河南省濮阳市市辖县，地处河南省北部，是中国孝道文化之乡。西汉初年设顿丘县，曹操曾任顿丘令。隋朝出了个全国闻名的大孝子张清丰，于唐朝大历七年（772）钦定顿丘县更名为清丰县，是全国唯一一个以平民孝子的名字命名的县。清丰是革命老区。抗日战争后期，中共中央北方局、冀鲁豫军区司令部暨冀鲁豫军区第一兵工厂曾设在双庙乡单拐村，邓小平、宋任穷、黄敬等老一辈革命家在这里领导过抗日斗争。

说我有福，我一直也不明白其中的意思，如今好像理解了"有福"的含义：身体虽有一些老年病，但生活基本能够自理；有儿有女，且还很孝顺；四世同堂，享受着儿孙满堂的快乐。

我的孙女盈莹上小学四年级时，写过一篇作文《我的爷爷》，从中可以看出我现在所享受到的这种幸福。她是这样写的：

> 我的爷爷……瘦瘦的，每日拄着拐杖，到楼下的花园去晒太阳。他的步子虽然有些缓慢，但很稳健，一步一步的，远远看上去，就像一只在草原上自由信步、温文尔雅的老山羊。……爷爷参加过抗日战争、解放战争和抗美援朝战争。……也许是经历过战争的缘故，爷爷成了一个极为乐观、健康的老人。他对现在的生活感到非常满意与幸福，所以脸上总是带着微笑……

这篇作文，老师给她的成绩是"优 A"。

照片中，我脖子上戴的是 2015 年中共中央、国务院、中央军委颁发的"中国人民抗日战争胜利 70 周年纪念章（编号：2015007883）"，斜挎着的是 2015 年全国政协机关发给我的"抗战老战士"绶带。

2018 年 8 月杜文亮拍摄于影楼

第一章　开赴朝鲜

> 昨天，1951年6月25日下午7：35，我们——中国人民志愿军，中国人民的好儿女，正式跨过了鸭绿江，离开了可爱的祖国，踏上了朝鲜的土地。
>
> ——朝鲜战地日记

难忘的欢送会

1951年6月初，我从上海出差回到北京。

一天下午，文化科长曹中找我谈话："华北军区来电报，要你们摄影组抽一人参加二十兵团 ① 政治部组建的摄影记者队，赴朝鲜前线进行报道工作。"

我想，我们摄影组三个人，两个党员，我是其中之一，又是组长，当然得我去了。于是，我向曹科长表明了态度。

很快就接到了上级的命令，派我赴朝。接到命令的时候，我兴奋无比，抗美援朝是全国人民关注的大事，能够参加是非常光荣的。

曹科长对我说："你走了，咱们科里就少了一个骨干，但这是大局，我们只能服从。你只有几天的准备时间，然后就去天津报

---

① 中国人民志愿军第二十兵团前身是中国人民解放军第二十兵团。1948年8月初，中央军委决定组建华北军区第三兵团。1949年2月，华北军区第三兵团改称中国人民解放第二十兵团。1950年8月，第二十兵团番号撤销。1951年2月，中央军委决定以原第二十兵团所属各部组成中国人民志愿军第二十兵团。

到吧。"

在为赴朝做准备的几天时间里，除了领导进行思想动员外，就是物资准备。我需要准备的物品除了摄影器材外，还有胶皮雨布一块，蚊帐一个，胶鞋两双，衬衣、毛巾、小碗、饭盒等生活用品；最重要的是有手榴弹（后来上级给我配发了一支自卫小手枪），另外还有小铁锹、手电筒、炒大米、罐头、肉松等，所有物品加起来有三四十斤重。

去天津报到的前一天，文化科专门为我举办了一场欢送会。

会上，大家很激动，一开始就合唱《中国人民志愿军战歌》：

雄赳赳，气昂昂，跨过鸭绿江。

保和平，卫祖国，就是保家乡。

中国好儿女，齐心团结紧，抗美援朝，打败美帝野心狼。

激动人心的合唱结束后，大家演出了几个节目，最后是诗朗诵。在朗诵的诗中，给我印象最深刻的一句是"少数人的死是为了多数人的生"。这也是志愿军战士赴朝作战前的信念，豪迈中透着一丝悲壮。

这个时候，抗美援朝战争已经打了八个月，非常残酷，在人们心里，活着回来的人很少。所以，我也没打算活着回来，能够为祖国献身是光荣的。

我得到的命令是在1951年6月中旬到天津报到。6月10日，我离开北京奔赴天津。三个月后的9月10日，我在朝鲜前线所写的一篇日记中，回忆了那天同志们在北京火车站欢送我的情形：

入朝前与华北防空部队政治部文化科战友合影
（右四为本书作者，拍摄于 1951 年 6 月）

6月10日是（我们）离开祖国北京的日子，至今整整三个月了。在离开防空政治部的那天，同志们对我们的欢送是那样热烈！

我记得那天下午1:20（开车时间）以前的几分钟里，欢送我们的同志们对我们的热爱、感情，（使我）十分激动。当列车慢慢开动时，站在月台上的男女同志们，（睁）大的眼睛都看着我们。他们激动地唱起了"雄赳赳，气昂昂……"的歌曲，待唱完后，列车已离开他们的身边。这时，每个同志的眼里都含着愉快的眼泪，高高地举起拿着帽子的手，异口同声地说："再见吧！祝你们胜利而归！……"当时，我的内心和情感都被这热烈的空气所笼罩，不自觉地也举起了手，向他们告别，同时眼睛也流出了面带笑容的眼泪："同志们，请回去吧！我一定不辜负你们的鼓励！"

赴朝摄影记者队

中国人民志愿军第二十兵团政治部组建的摄影记者队有20多人，是从新华社和军区所属各军兵种选调上来的，都是各单位的业务骨干，尤其是政治素质过硬。

我们的摄影科长叫高粮①。后来，我才知道，杨成武司令员签发的抽调我们组成二十兵团赴朝摄影记者队的电报，就是高科长起草的。

我们摄影记者队有两位新华社摄影记者，他们给我留下了较深的印象：一位是李学增，另一位是李虎臣。他们两位年龄比我大，资历比我深，工作经验比较丰富，堪称我的老大哥。我们在一起行军打仗，很快便熟悉起来。

上级领导给我配备了两部很好的相机，一部是德国徕卡（Leica）135相机，另一部是苏联基辅牌相机。刚到朝鲜，我用的是徕卡和基辅两部相机。

---

① 高粮，1921年生，河北省易县人，1937年9月参加八路军，先后任八路军独立第一师书记、指导员、副教导员等职。1939年接触摄影，1944年调任《晋察冀画报》记者，1945年任冀中军区特派记者，1946年任军调部第五执行小组中共代表团记者。1947年起，先后任晋察冀野战军第四纵队摄影股长、晋察冀野战军特派记者和《华北画报》采访组长等职。1950年任中国人民志愿军第二十兵团摄影科长。

1953 年后，基辅相机被淘汰了，上级给我换了一部德国罗莱弗莱克斯 (Rolleiflex) 双镜头反光 120 照相机。

对我们这些战地摄影记者来说，照相机就是我们的武器，胶卷就是我们的子弹。想要圆满完成任务，我们不仅要时刻保护好照相机，还要特别珍惜胶卷。120 和 135 胶卷每卷分别可以照十几张或三十几张照片，有时完成了拍摄

李虎臣同志，肩上挎的是折叠式 120 照相机（拍摄于 1951 年夏）

任务，要尽快冲洗出来上交组织。这时，每个胶卷可能剩下几张还没有拍完，如果不用就浪费了。在这种情况下，我们就作为练习，互相拍一些私人照。

作为战地军事摄影记者，我在前线拍摄了无数张照片。这些照片连同底片都已经上交组织，其中一小部分作为废片或者是重复的小样片退还给我，我便将其保存了下来，另外还保存了一些私人照。

本书作者朝鲜前线工作照，手里拿的是徕卡 135 相机

入朝前与李虎臣合影（1951 年拍摄于天津，右侧为作者）

我们到达天津集合，几天后就要出发了。每个人在临行前都做好了随时
在朝鲜前线牺牲的思想准备。我们每个人手里都有几个钱，心里却明白，到
了朝鲜也用不上，干脆都花光吧。

我们没吃过冷饮，决定到冷饮店吃冷饮。上午，我们去了天津"起士
林"，一家外国人开的冷饮店，吃了冰激凌。下午，我们去了老字号饭馆"狗
不理"，吃了全国闻名的"狗不理"包子。

踏上朝鲜的土地

6月21日，我们随六十八军二〇三师 [①] 从天津出发。每个人都背着准备

[①] 二〇三师隶属六十八军。中国人民志愿军第六十八军前身是华北军区第六纵队。1949 年 2 月，
根据中央军委的命令，第六纵队改编为中国人民解放军第六十八军。1951 年 6 月，改称中
国人民志愿军第六十八军。

好的行装，排着整齐的队伍，从驻地步行去火车站。经过大街时，沿途不少群众自发组织起来，鼓掌欢送我们奔赴朝鲜前线。

我们下午登上了火车，其实是闷罐车（现在早已不用），下午四点钟火车缓缓开动，驶离天津站。

战友们在即将开动的闷罐车上（拍摄时间不详）

火车开得很慢，穿过城市、乡村、田野，两天后才到安东，就是现在的辽宁省丹东[①]市。

这时，我们接到上级命令，说25日晚过鸭绿江。

我以为火车马上要从鸭绿江大桥上通过，没想到步行走了好几十里的路，

[①] 丹东，原名"安东"，源于唐代设置的安东督护府，曾因为抗美援朝战争作出巨大牺牲和贡献，而赢得了"英雄城市"的美誉。

到了紧挨着鸭绿江边上的一个小村子（长甸河口地区）。25日天黑后，我们秘密徒步跨过了鸭绿江。

鸭绿江断桥朝鲜一侧桥墩（本书作者影友金志如拍摄于2018年8月），从照片中可以清楚地看出当年被炸毁的痕迹，现已成为旅游景点。

6月，天气比较热，江水不是很凉，也不很深。25日晚上，我们终于踏上了朝鲜的土地。我后来才知道，原来鸭绿江大桥已经被美军飞机炸断了。

鸭绿江大桥被美军炸得千疮百孔，我志愿军指战员就在上游架起了两座水面下桥。这种桥的桥面在水面下0.3～0.5米，桥面可升可降，隐蔽性好，无论步行还是车辆通过都不容易暴露。水面下桥对于抗美援朝战争的胜利起了很大的积极作用。

从6月21日至26日，连续六天，我每天写日记，记录我从天津到达朝鲜前线这一具有历史意义的时刻。

我在6月21日的日记"别天津：随二〇三师于车内"中写道：

> 下午四点钟，由天津开车。当列车开动时，同志们都充满了愉快的情绪。车站扩音器里奏起了"雄赳赳、气昂昂，跨过鸭绿江"的《中国人民志愿军战歌》和"向前！向前！"的《中国人民解放军进行曲》。这些人——中国人民志愿军，是代表着全中国和全世界人民的意志和希望，到朝鲜前线去和那些美帝国主义侵略者作战

的，所以他们是那样的愉快、高兴！

列车由慢而快（地）离开了满（是）人的车站。这时每个同志都不约而同地回头望了望他们久住将近三年的和平城市，表示恋恋不舍。但正是为这样的和平城市永远和平下去，他们就毫无顾虑地勇往直前，而做暂时的离别。在不久的将来，在朝鲜的美国鬼子全部消灭，胜利而归，再和那个和平城市永远处在一起，和爱好和平的人们永远骨肉相连。

我在 6 月 22 日的日记"为了孩子们：随二〇三师于车内"写道：

今天的行车地区已到达中国的东北。一路上不断看到周围各种工厂的烟囱冒着浓黑的烟雾。地上长着禾苗，翻了身的农民们在充满着美丽的阳光下愉快地劳动着。活泼天真的孩子们，有的挂着书包上学，有的在田野里游玩……过着愉快的生活。

当他们看到列车上的志愿军时，远远地向行走着的列车招手。同时，列车上的同志们也以同样热情的目光和招手来回答他们。虽说他们互相都没有说话，但内心的感情完全一致，都清楚地知道，孩子们的招手是说："你们走吧，到朝鲜前线多杀几个美国鬼子！"同志们的回答是说："孩子们，好好地读书吧，你们的幸福生活由我们来保卫，绝不辜负你们对我们的希望！"

我在 6 月 23 日的日记"为了肥沃的土地：随二〇三师"中写道：

下半天的行车时间完全是在东北地区的大山里。中午 12 点直至下车共穿过了 18 个山洞。

在行车的时候，外面的山、水、花、草的景致完全吸引了我困乏的眼睛，没有打盹儿，（我）将头伸到车窗外。明朗的阳光晒着满地的稻苗，天空布满了朵朵的白云，高高的山上响着各种野鸟的歌唱声……

　　火车隆隆地响着，沿着蜿蜒的铁路直向东北，要到祖国的边疆，祖国的国友——朝鲜去。为了保卫我们伟大的祖国，为了解放朝鲜人民，为了全世界的持久和平，这些中国的好儿女——志愿军，毫不犹豫地暂时离开了自己可爱的祖国。

　　晚上10点钟到达了距鸭绿江20里的一个车站，下了车，走了五六里路。山沟由于房子很少，大家也以"早就准备吃苦"的精神，露营睡觉了。

我在6月24日的日记"欣赏：随二〇三师于山沟某村"中写道：

　　昨天住在山沟里睡了四个钟头就起床吃饭了。这地方距鸭绿江很近，敌人的飞机每天要来转几个圈。主要是（有）我们的高射炮部队防空，（敌机）不敢低飞轰炸，所以就要防空。（我们）吃了饭就到山坡上连睡觉带防空去了。

　　我们铺上预先发的雨衣、雨布，就躺在山坡树荫下，欣赏起这里的大自然风景来了。有的说这里要比北戴河的风景美，有的说比北京的北海还要美……

　　不知怎么回事，我在那个树荫下躺着，透着北来的凉风，真觉得舒服极了！所以我说这里比在天津冷食部（的）电扇底下吃冰激凌还要痛快！

我在6月25日的日记"给了我力量：随二〇三师"中写道：

　　上午因身体有点不舒服，吃饭很费力，不吃，下午还要行军。据昨天参谋长讲话说："今天要渡过鸭绿江，最低限度也要行几十里地路的军。"这样一来，自己不由（产生）了两个感觉，一个觉得高兴，一个觉得害怕。高兴的是，喊了多少天的"雄赳赳、气昂昂，跨过鸭绿江……"今天就要真的跨过鸭绿江了！害怕的是，发愁这背着几十斤重的东西，再走这几十里地的山坡路，怕自己支撑不下来。可是那又能怎么样呢？

当时在山坡上坐卧不安，后来打开背包，翻开临来时同志们给写的纪念册，很仔细地看了一遍。在看的时候，我已不知是在那看字，而整个思想感情沉入了每句话、每个字。当看到某同志们给写的话时，就好像谁在我的面前讲话一样。特别是看到"克服困难，完成艰巨而伟大光荣的任务"等话时，就更像针刺着我的心。同时，自己又想到在天津出发前，自己在"表决心会"上表示的决心和写的决心书……（这些）激起了我的情绪，而后（我）下决心坚决跟上，不让别人照顾，只要不倒，就要走到目的地。

我在 6 月 26 日的日记"朝鲜某地：随二〇三师"中写道：

昨天,1951 年 6 月 25 日下午 7：35，我们——中国人民志愿军，中国人民的好儿女，正式跨过了鸭绿江，离开了可爱的祖国，踏上了朝鲜的土地。

在"雄赳赳、气昂昂"的队伍跨过鸭绿江的时候，我用照相机记载了这具有伟大的历史意义的永不朽灭的形象——中国人民为了保卫自己的祖国，为了解放朝鲜人民和保卫世界持久和平，组织了志愿军像潮水般地涌入朝鲜战场。这是志愿军渡过鸭绿江时的伟大场面①。

昨天从出发到宿营地共走了 70 里路，我没有掉队，没有让同志们照顾，我还可以很骄傲（地）说："别人脚上都打了泡，我没有！"。

现在是差十分三点钟，五点钟还要接着行军。不写了，马上就要开饭了。

我在 8 月 12 日的日记中，以诗的形式回忆了离开祖国时的心情：

当我跨过鸭绿江，

① 本书作者当时拍摄的"志愿军跨过鸭绿江"这一历史时刻的照片及底片全部上交组织，自己没有存留。

志愿军赴朝而离开可爱的祖国的时候，
像孩子别慈母一样地恋恋不舍，
使我在鸭绿江的南岸呆立了片刻。
鸭绿江水激流声冲动了我麻木的心！
使我这目不转睛正在瞭望祖国的视线转动了一下，
……
擦了一下将要从眼中落下的眼泪，
急走了几步，赶上大队。
再见吧！祖国！

艰难行军十八天

跨过鸭绿江后，我随大部队在朝鲜的土地上开始了艰苦的长途行军。我们夜间行军，白天睡觉。睡觉前，我们必须在老乡家里的房后挖掩体，以防美国飞机轰炸。天天如此，持续了十几天，既要行军，又要防空袭，背的东西又多，部队很疲劳，但谁也不愿意掉队，咬紧牙关，克服困难，继续前进。

志愿军行进中，走过由木桩修复的河桥，骡马炮兵走在中间（拍摄于 1951 年夏）

我在 7 月 2 日的日记"前进：随二〇三师六〇八团九连"中写道：

> 这几天的连续行军实在有些疲劳，从（昨）天下午六点开始，直到第二天早上三点左右，算来八九个钟头，途中还要翻过山岭、涉水过河等。最近两天来也不断遭到敌人的空中强盗捣乱，它妄想阻止我部队前进，但每个同志都冷静沉着地（躲）避了暂时的扫射和轰炸以后，继续前进。

> 我自己这几天以来，由于这边的气候——白天热，而晚间黎明时特别冷的缘故，开始拉肚子。每天跟连队行军，实感到疲劳已极，我这历来就瘦的身体，现在更加瘦了。但虽说瘦几斤肉，而身体倒比未行军以前有点"坚固"了，这是由于锻炼的缘故。

我在 7 月 5 日的日记"德川：随二〇三师六〇八团九连"中写道：

> 昨天冒着大雨前进了 30 多里路，到了朝鲜比较出名的德川，这里的房子大都被炸，群众的生活很困难。同时，每天还得避免飞机的袭击。

好像是老天爷有意跟我们过不去。天空乌云密布，大雨倾盆，雷声震天，这样的天气一连好几日。据说，这是朝鲜 40 年来遭遇的最大一场大雨，雨量之大、持续时间之长都是朝鲜历史上罕见的。

河水暴涨，桥梁冲断，山体滑坡，道路阻塞，我们的部队无法继续前进。部队要坚决执行命令，后退是不可能的。

我和六十八军二〇三师炮团的一个连队被困在了一个小山坡上。后方的供应中断，吃饭成了最大的难题。随身带的饼干、炒米等已经吃光，部队已经两天没有吃东西了，光靠喝水怎么能支撑下去呢？后方的供应供不上，不知道什么时候才能送到。部队要准备随时行军打仗，于是连队党支部决定拿出一部分喂骡马吃的黑豆，煮一煮，每人喝一碗，以维持体力。

战士们在河中运送军用物资（拍摄于 1951 年夏）

这个炮兵连是骡马炮兵，所以带有喂牲口的草料，黑豆是喂骡马的草料之一，拉的炮是 85mm 口径的加农炮。

好在时间不长，两天后工程兵已经把桥梁抢修好了，后勤送粮的车辆也已经开到了前线部队。以后天气逐渐开始转好，虽然小雨不断，但并没有影响我们的行动。我们以极快的速度，继续向南推进。

战士们牵着骡马渡河（拍摄于 1951 年夏）

　　这时，新的更大的困难来了。敌机为了阻止我志愿军前进，日夜不停地轮番轰炸，破坏交通道路，迫使我们只能夜间行动。

　　朝鲜是个多山的国家，道路崎岖不平，高低不一。这些虽然给部队带来了困难，导致行动迟缓，但也给敌人飞机轰炸带来了难度。他们往往把炸弹扔在山沟里，炸不到我们。

　　敌军很狡猾，他们把我后勤运输汽车作为轰炸目标，因为夜晚汽车需要开大灯照明才能行动。敌军每晚出动飞机，轰炸扫射，致使我军运输车辆遭到不少损失，许多汽车被炸翻，掉进深山沟里，司机等运输人员伤亡不少。

　　为了不影响运输任务，又能躲过敌机的狂轰滥炸，我志愿军在公路边的山头上设防空哨，只要发现敌机从远处飞来，防空哨就用步枪或手枪射击报警。运输车辆听到枪响后，马上关灯停车，公路上顿时一片漆黑。敌人看不到目标，就胡乱扔几个炸弹，转几圈，便飞了回去。如此一来，运输车辆不停地与敌机周旋，建立了一条拖不垮、打不烂的钢铁运输线，从而保证了前方作战部队所需的武器、弹药、物资及人员往来。

　　汽车队黑夜行车，走走停停。时间一长，个别司机有些不耐烦，于是在夜里不开灯慢慢往前开，发生过翻车掉进山沟里造成车毁人亡的情况。

　　为此，部队领导指示：凡是不遵守纪律，擅自在黑夜不开灯的情况下行车要严加制止，并将按照战场纪律来执行。

　　后来，随着我防空部队对敌机反击能力的加强，夜间敌机袭扰的情况有所减少。一到夜间，我军运输队便开着大灯行进在蜿蜒崎岖的山间

行军途中林中短暂休息，左起，本书作者、李学增、六十八军摄影记者袁绍柯、某战友、六十八军摄影组组长李锋（拍摄于1951 年 7 月）

公路上。从山上往下看，就像一条弯弯曲曲银色长龙在缓慢舞动，场面蔚为壮观。

艰苦的长途行军使得很多指战员两脚肿胀得厉害，我也是如此。从上页照片中可以看到，我和李学增、袁绍柯脱了鞋，把脚放在铺了一块雨布的地上。李锋的鞋脱了脚后跟，像穿着拖鞋一样，大家脸上写满了疲惫。

雨夜行军（拍摄于 1951 年夏）

7月13日，我随二〇三师到达了目的地，在元山里写下了如下日记，从中可以看出部队行军途中的艰苦：

> 从上月的25号由祖国渡过鸭绿江到朝鲜以来，算来19天了，除了今天没有行军以外，那18天的时间，完全是在夜间行军。昨天才算到达了原定目的地，现在住的地方，元山里。
>
> 在这18天的行军当中，我克服了疲劳的困难，克服了背东西多而劳累的困难，克服了晚上没有房子而露营的困难，克服了吃棒

子而拉肚子还要坚持行军的困难，并且没有坐车和让别人替自己背东西，所以我可以说自己在这次千里行军中，除了基本上完成了自己的采访任务外，很顺利地完成了自己的行军任务。

本书作者（左侧）与李学增在行军途中小憩（拍摄于 1951 年 7 月）

第二章　异国前线

几天来的夜行军途中，不断碰到敌机轰炸、扫射、机枪、炸弹、照明弹，但我们炮兵毫无恐惧心理，继续向前推进，它根本阻止不了我们的进军，反而这几次的空中捣乱倒给了大家一种"照明弹不管事"的经验。

——朝鲜战地日记

保护摄影器材

作为战地摄影记者，我把摄影器材视为生命。在敌人的炮弹下，在机枪扫射中，在倾盆大雨里，我的第一个念头就是千方百计保护好摄影器材不受损害。

我在1951年8月4日的日记"赴前方"中记录了大雨中保护摄影器材的经历：

昨天由兵团政治部起身赴六十八军，途中倾盆大雨下了一夜，由于汽车轮胎的旋转，弄得满身上下都成了稀泥，除了自己的重要武器——胶卷、照相机用胶皮口袋妥善保存没有淋湿外，其他全部东西湿透。

（大）雨在接连不断地下。今天不能到军（部）了，只好在运输处暂住一夜。但房子成了问题，这小小的山沟里所有的房子都住满了志愿军的各部（人员）。假使可能的话，我们这"兵团摄影记者"是否能得到同志们的优待，给让出一个能够避雨的地方，那是最感激不过了！到底怎么样，还得等待确定。

这种自由而紧张的战争环境生活，除了身体有点疲劳外，精神上还是愉快的。

艰苦的前线生活

刚到朝鲜的几个月里，由于敌机的狂轰滥炸，加上山洪暴雨，炸毁、冲毁道路、桥梁，前方供给受到暂时影响，志愿军生活比较艰苦。我在几段的日记里都有过描述。

我在 7 月 19 日的日记"病：随二〇三师于元山里"中，记录了我因拉肚子住进"临时医院"以及第一次在朝鲜吃上白面的情形：

大概是因长途行军的缘故吧，从到达目的地以后有很多，并且很普遍的同志（我也是其中之一）闹肚子，每天拉（稀）。这种病虽不太重，但吃了东西很少在肚子里停留，就原封未动地给送了出来。这足能影响工作，所以很讨厌。

今天算来我住在这家有个热炕的地方四天啦，（这里）也可以说是"临时医院"或是"暂时病室"。因为有三四个同样的病号在里面躺着，并且每天都有卫生员同志来送药，看看（病情），所以说叫它"医院"，但是谁也没有把它当（作）像住院那样地安心——都在想着自己的工作没有完成，或者是正在完成中。所以很着急，希望在很短的时间内好了，再回到自己亲手修理好的山坡上盖的临时"房子"里工作。

经过这几天的"休养"，在当中也吃了些药。今天觉得好些，不像前两天拉得那样厉害，精神稍有点好转。另外，今天最感到新奇而且非常高兴的事就是吃了一顿祖国经过千里，经过敌人扫射运来的白面！当我们吃到嘴里的时候，觉得说不出来那种香。这是祖国的白面，这是入朝以来第一次吃白面……

同志们纷纷议论起来，越谈越起劲儿，那种对祖国热爱的情绪是很难形容的。

9月1日，我写了一组诗，从中可以看出志愿军的生活是多么艰苦：

朝鲜特景山连山，松树枝叶遮满天。
雨布搭成小帐篷，志愿战士睡里边。

黎明枪声给叫醒，每天如此似号声。
山旁溪水洗了脸，野菜炒面吃口中。

森林荫下舒意坐，祖国新闻诵口声。
心身激动随立起，张开喉咙放歌声。

武器行装背满身，英俊战士面发红。
渡过急河爬高山，站在山顶直耸耸。

每天行军八十里，休息一会轻又松。
吃苦耐劳无别意，前线去杀美国兵。

9月17日的日记"七两米①"中写到了志愿军饮食方面的困难：

到达目的地以后，这两天除当中有两天没有吃到菜外，现在每天能够吃到清水煮黄豆的菜了，大家都感到能保住每天有两顿米饭吃，吃不吃菜没多大关系了。

---

① 当时16两为1市斤（500克），7两还不到半斤（219克）。

　　的确，听说前方的战士每天只能吃七两米。所以，我们也有这种思想准备。

　　这主要是从后方往前方运输困难。但据说最近一段时期还是比以前好一点。敌机的封锁，让我们的防空部队的高射炮打得不太猖狂了。

　　这个地区（淮阳^①以南40里）是前方第二线，每天的每时都听到炮声。敌机活跃得比较厉害点，一不注意，就有吃炸弹的危险！但只要注意是没有问题的。所以，现在防空是很重要的。

9月27日的日记"愉快的劳动　于台日里"中记录了志愿军战士艰苦生活中的乐观主义精神：

　　由下边回到兵团三四天了，这几天的生活可以说过得最愉快和最紧张。

　　现在整个部队都在做"冬防"工作。我们也都参加（到）了（这）个很大的任务里边，每天到山坡里去修筑我们的房子（洞）。中午的一顿稀饭是由在家工作的同志给送的，从早饭后七点钟，一直劳动到下午四点半钟才回来吃晚饭。在劳动的时候很紧张，在休息的时候也很紧张。有很多同志说笑话和说故事，说到最热闹和最精彩的地方，逗得大家哄堂大笑，甚至经常流传着笑语中最精彩的几句话……

　　这种战斗式的生活多么有意义啊！

　　有的同志说："我们这样的生活是乐观主义的具体表现。"的确，我个人的体验，从出国以来三个多月的时间，虽说都是处在紧张的战斗和行军里，这个时间又是朝鲜的雨季，自己在完成这些任务中体力确实出了不少，同时还受到敌机威胁。但是，精神上却是那么愉快！最明显的是，我未出国前身体很瘦，但现在由下边完成任务回来后，同志们都说我吃胖了！确实自己也发现比以前有些胖了。

　　我们是（有）远大理想的人，有光明的目标。这就是胜利的前途在鼓励着我们突破这暂时的困难前进！

_____

① 朝鲜地名。

随炮团惊险过封锁线

有段时期，我跟随六十八军二〇三师炮六团执行拍摄任务。炮六团的任务是运送大炮，通过敌人的封锁线，安全抵达前沿阵地。下面两篇日记详细记录了通过敌封锁区往前线运送大炮和炮弹的情形：

9月14日于炮六团　接近了前方

现在已经听到前方隆隆的炮声了。今天是最后一天行军，明天就要到达目的地，刚才团（政治处）主任召集各连干部开了一个临时会议，主要（是）动员今天的行军。在这60里路的途中，要经过敌机封锁的三个地区，所以要求大家要有充分的思想准备。勇敢、沉着、机智、灵活，如果敌人打照明弹和打机枪、扔炸弹，我们也不能停留，继续前进，用最快的速度通过封锁区，将我们的炮完整地带到前沿阵地，准备接受新的战斗任务。

几天来的夜行军途中，不断碰到敌机轰炸、扫射、机枪、炸弹、照明弹，但我们的炮兵毫无恐惧心理，继续向前推进，它根本阻止不了我们的进军，反而这几次的空中捣乱倒给了大家一种"照明弹不管事"的经验。（我们）都抓住了（照明弹）光的规律和弱点，很巧妙地隐蔽前进。

的确，我也深深地感觉到美国的飞机没有什么了不起。

9月15日于前线"灌里"　感动

早饭后听教导员讲了一件使我非常感动的事。

昨天晚上行军途中，六连拉炮弹的大车遭到了飞机的轰炸而着了火，大车冒起了熊熊火焰。战士们看到这种情形后，马上从隐蔽处跳出来，不顾一切地扑到冒着大火的车去，用松枝扑打……

他们知道大车上拉的是送往前线将要进入战斗的炮弹，如果慢一点扑灭火，整个炮弹就要燃着而爆炸，那么就不能很好地完成战斗任务。所以，他们丢掉了个人的一切，忘掉了炮弹如果爆炸他们就要牺牲的危险，直到把大火扑灭。

当他们把火扑灭后发现，牺牲了一个同志，负伤了两个同志。

这两个负伤同志有一个断了腿，但他们没有吭一声。这时他们除了送伤员的同志到医院去外，其他同志只说了一个字："走！"赶起了大车，在飞机的声音下又前进了。

粉碎美军的"秋季攻势"

1951 年 9 月 27 日，针对朝鲜人民军的"夏季攻势"结束，一周后的 10 月 3 日针对中国人民志愿军防区的"秋季攻势"就开始了。我们二十兵团六十七军、六十八军两个军在杨成武司令员的指挥下参加了第一场大仗。我跟随六十八军二〇三师，及时拍下了激烈残酷的战况。

10 月 8 日以后，敌人在东线又向北漠江东面的志愿军六十七军、六十八军进攻。志愿军经十昼夜顽强抗击，阻止敌人的进攻，歼敌 7600 人。10 月 13 日，美第八集团军集中四个师向金城以南地区进攻，激战三昼夜，仅向前推进了 2 千米，但伤亡 1.7 万人。至此，"联合国军"的"秋季攻势"被志愿军粉碎。①

顽强阻击敌人（拍摄于 1951 年秋）

我的老首长杨成武将军在《杨成武回忆录》一书中写道："《人民日报》头版报道了这一重大胜利，宣布二十兵团创造了朝鲜战场日歼敌最高纪录。对此，志司也给予了表扬。"

---

① 引自王湘穗、乔良所著《割裂世纪的战争：朝鲜 1950-1953》，国防大学出版社、长江文艺出版社 2016 年 10 月第 1 版。

在我军粉碎美军的"秋季攻势"战斗中，涌现出多个可歌可泣的英雄人物。这里，我讲一个最有代表性的传奇人物，他就是孤胆英雄唐凤喜（在后面《热烈欢迎英雄归来》小节里，有我在1954年秋为他等三位英雄回国拍摄的照片）。

唐凤喜是辽宁庄河县（今庄河市）人，1927年出生的，1947年参加的革命，是志愿军二级英雄，在两次重大战役中荣立两次一等功，他是我们六十七军二〇一师六〇二团八连的一个班长。

在1951年10月粉碎美军"秋季攻势"的战役中，唐凤喜的任务是坚守68号阵地，这个阵地上有五六个山包。14日晚，排长带着一个小组到东面的山包，三班副班长带一个组在西面的山包，唐凤喜带着一个小组在最高的一个山包上，大家做好了第二天的战斗准备。

15日拂晓，战斗打响了。唐凤喜一面战斗，一面观察东西两面战友的情况。西面山包上三班副班长受重伤，他让一个战士把副班长抬下去；东面山包排长没有动静。这时敌人从三面围攻上来，唐凤喜和另一个战士打退了敌人一次又一次的进攻。下午2点多钟，副排长带着增援小组上来了。唐凤喜主动要求到东面山包查看排长的情况，那边一直没有消息。当他到了东山包，发现了敌人，立刻消灭了他们，这时候他看到排长和其他战士都牺牲了。

唐凤喜知道敌人马上就要反攻，于是简单掩埋了战友，赶忙返回最高的山包。这边五位战士中的两位牺牲，三位受重伤。唐凤喜一面掩护受伤的战友撤退，一面阻击敌人。这时候，阵地上只剩下他一个人孤军奋战。剩下的武器越来越少，他把缴获敌人的武器都用上了。

东边的敌人打下去了，西边的敌人又上来了。唐凤喜一会儿跑到东，一会儿跑到西，身上多处负伤。天完全黑下来，他已经筋疲力尽了，站不起来也爬不动，手里拿着一个手榴弹，准备与敌人同归于尽。就在这个时候，副连长带着增援部队终于赶到了，阵地依然在我军手里。

唐凤喜一人独守阵地7个多小时！

在这次战斗中，唐凤喜荣立一等功，并由副班长晋升为班长。19个月后，他在1953年5月的夏季反击科湖里南山的战斗中，再次荣立一等功。

唐凤喜带领着全班战士消灭了十几个敌人，占领了科湖里南山的表面阵地。他没有满足于这点战绩，继续寻找敌人的坑道。唐凤喜和他的战友经过一番搜寻，终于发现了敌人坑道口的通气孔。他把通气孔扒大，向里面塞进去一颗手榴弹。趁着手榴弹爆炸产生的烟雾，唐凤喜带领一个战斗小组冲进坑道，冲着前面的敌人又投了一颗手榴弹。原来这是南朝鲜军八师十团三连第一小队（相当于一个排）的指挥所，被唐凤喜带领的一个班彻底端掉了。

为了巩固阵地，唐凤喜丝毫没有放松，第二天侦察到敌人阵地还有一个隐蔽部，便立即向上级首长作了报告。敌人这个隐蔽部很快就被我军猛烈的炮火送上了天。逃出来的敌人，被唐凤喜和他的战友们守株待兔，全部消灭。

安息吧，我亲爱的战友

张岐林是六十八军二〇三师的摄影记者，河北人，比我大三四岁，已经结婚了。他中等个儿，脸庞稍黑，说话声音不高，表情沉稳，比较成熟。

我到二〇三师后，我俩就在一起行军打仗。张岐林像兄长一样照顾我，我们感情特别好。我们行军跟着炮团，也就是跟着骡马炮兵，干粮袋、铁锹、背包都放到炮架子上。骡马炮兵在前面拉着，不用我们背，减轻了我们不少负担，这显然是炮团战友们照顾我们。

行军中，我和张岐林一直在一起行动。下雨的时候，他把自己带的雨布还有小被子拿出来，我们俩盖着一个被子，在山头上露营，睡觉。睡不着的时候，我们就聊天，谈理想，谈家乡，谈祖国……

1951年8月的一天夜里，我们正在行军，忽然天降倾盆大雨。在伸手不见五指的雨夜里，我们和几个战士被山洪阻隔，与大部队失去了联系。

山洪的激流声，狂风暴雨的吹打声，使我们这几个

张岐林同志（拍摄于1951年夏）

失联的战士很慌张。我们在山洪旁，踏着泥泞来来回回走动，不知所措。

"我们的大部队在哪儿啊？我们应该往哪里走呀？"

只有张岐林同志毫不惊慌，沉着地分析判断当时的情况，说："我们的大部队一定在河的那边，走，我们过河去！"说着，他第一个跳进石头被冲得乱滚的洪水中。然后，他伸出手来，说："一个接着一个！"

就是这样，我们手拉着手，安全地蹚过了湍急的洪水，找到了指导员，找到了大部队。

为粉碎敌对金城方面的进攻，第六十八军奉命调第二〇三师和第二〇二师两个团，配属六十七军作战，并于 10 月 15 日投入战斗，参加轿岩山、烽火山一线阻击作战，与美军第七师、美军第二十四师、荷兰团、哥伦比亚团、南朝鲜军团第二师和南朝鲜军第六师交战。①

这一天，二〇三师接到上级命令，派一部分部队先行开往前线，参加金城以南地区防御战斗。师里决定在我和张岐林同志之中，派一人去前线执行拍摄任务。

我们两个都争着要去。领导最后决定派张岐林同志去，因为他是二〇三师本单位的，而我是从兵团下来的，他又比我大几岁，他们要照顾我。在命令之下，我再无法争下去。

张岐林第二天就随部队出发了。我仍在原地继续完成手上的工作，并随时准备奔赴前线，参加新的战斗。

几天后，前方传来了噩耗，我的战友张岐林同志在前线被敌人飞机扔下的炸弹击中，英勇牺牲！

我异常悲痛，当天就在日记本上写了一首长诗"悼念战友张岐林同志"，将我曾为他拍摄的照片和他生前写给我的亲笔赠言原件一并贴在日记本里，并且还在赠言下面写了两句话：这是张岐林同志生前给我写的留言。这将成为永久的纪念了。

---

① 引自张明金、刘立勤主编《中国人民志愿军历史上的 27 个军》，解放军出版社 2014 年 1月第 1 版。

悼念战友张岐林同志

为了执行战斗任务方便，

我们轻装到，

除了自己的摄影用具和一支手枪外，

只有一块雨布。

但你，为了长期打算，

却带了一个不足一斤棉花的小棉被。

行军的时候，你自己背着。

宿营的时候，你说"咱们俩合盖着吧！"

就这样，

咱在那凉风的夜里，

潮湿的山坡上，

浓密的松林中露营。

领到军粮时，你把咱们俩的装在一起。

行军 80 里，你背的足有 50 里。

在一个晴朗的月夜，

我们要路过马转里 ① 敌机的封锁区。

你事先整好了行装，扎紧了腰带，

用你最快的步子，在飞机盘旋下，

在炸弹的爆炸声中，安全地通过了"危险区"。

当我们坐在山谷下休息时，

我问你"为什么走那么快？"

你说"战斗中要争取时间！"

九月十五日那一天，

我们到达前线目的地的时候，

---

① 朝鲜地名。

你写了一篇关于朝鲜人民现在受痛苦的文章，

你说"这是黎明前的黑暗"。

对了，

你为了冲破黎明前的黑暗，

解放朝鲜兄弟，

保卫祖国自由的土地，

你带着愤怒的火焰，

参加了消灭美国鬼子的战斗。

但，你很不幸，

被一个可恶的炸弹击中，

流尽了你最后一滴血。

张岐林同志——我年轻的战友，

优秀的共产党员。

你死的光荣，

因为是在"抗美援朝"的最前线。

祖国和全世界人民都忘不了你，

你永远活在人们的心里。

我亲爱的同志，

安息吧！

我要把眼泪变为力量，

来继承你未完成的事业。

我们要用锐利的武器，

来打击杀害你的敌人——美帝国主义，

为你和死去的同志复仇。

1951.10.18　于朝上台里①

---

① 朝鲜地名。

深切的怀念，左侧文字为本书作者所写"张岐林同志遗容。一九五一年八月四日我给他摄于朝鲜某高山顶野梨树下"。

　　张岐林同志的赠言是他牺牲前二十几天的 9 月 23 日写给我的，他在赠言中勉励我积极上进，创作出好作品。他牺牲后，我反复阅读他的赠言，越发感到珍贵，决定以此时时鞭策自己，所以也就将原件一直保存到了现在。现将赠言全文抄录如下：

　　杜文亮同志：

　　您爱好文艺，善于描写新的环境和事物，这正是您最大的长处，积极的上进心理。希望您今后更进一步有重点的结合实际，联系典型人物，搞出一套完整的有意义的历史材料，将来在杂志刊物上看到您的作品。

张岐林　九月二十三日

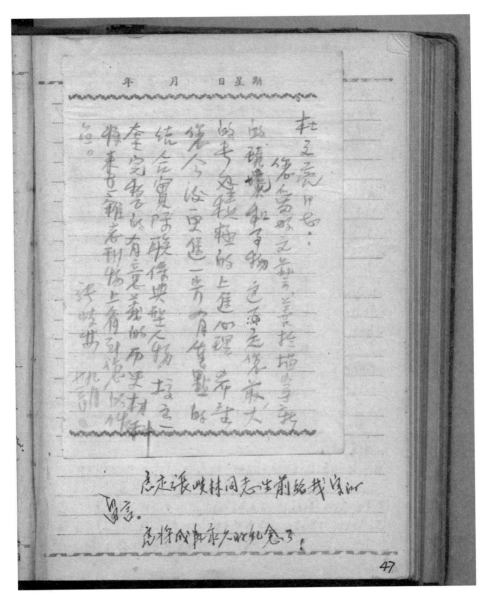

张岐林同志给本书作者的亲笔信

　　在《杨成武回忆录》一书中，杨成武将军讲述了抗美援朝战地摄影记者在前线工作的情形，其中专门提到了牺牲在战场上的张岐林同志：

不几天，聂司令员①从国内给我打来电话，说他已看到二十兵团给军委的报告，指示我把指战员击毁的敌坦克拍成照片，捎回国，以便登报，向全世界公布，用事实证明，我们是能用劣势装备战胜敌人优势装备的。我让兵团宣传部长魏泽南把摄影科长高粮找来，让他亲自带领一个摄影小组，由部队护送到前沿去给击毁的敌坦克拍照。后来，高粮同志拿出他们拍摄的许多照片一边让我欣赏，一边给我介绍他们是如何跟着战士顶着枪林弹雨，冒着敌人炮火把这些东西抢拍下来的。事隔几十年之后，我还记得高粮同志说的，敌人的坦克虽然被炸瘫了，可是拍下这些照片是非常不容易的，因为当时敌人在炮火掩护下，还正在把这些破坦克往回拖。他们在拍照的过程中，有个叫张岐林的同志就牺牲了。每当他谈起这件事，我的心都很不平静。②

杨成武是我们的老首长，他在1983年6月至1988年3月期间，任全国政协副主席。这期间，我恰好在全国政协机关工作。每年政协开会，我作为工作人员都能在会场上见到杨成武副主席，好几次我都想找个合适的机会，走上前去和杨副主席零距离接触，哪怕是握握手也是很荣幸的，但一看到他那么忙碌，真是不好意思打扰。

1987年3月政协会议期间，我实在是忍不住了，终于找到了一个合适的机会。那天，政协礼堂小会议室正在召开主席会议。上午11点前，我就在礼堂后门等着……会议结束时，主席们陆陆续续从会议室走出来。这时，我看到了杨成武副主席健步走来，便疾步跑过去，站到杨副主席面前。身着西装的我，突然立定站稳，向杨司令员致了一个标准的军礼。

我说："杨司令员您好！您不认识我，我是您的老兵，志愿军二十兵团六十七军摄影记者杜文亮。"

杨副主席先是一愣，马上就明白过来，脸上露出了笑容，然后特别亲切

① 聂司令员，即时任人民革命军事委员会总参谋部代理总参谋长兼华北军区司令员——聂荣臻，负责志愿军出国作战的部署、训练、运输、供应、补兵、轮换等工作。
② 引自杨成武所著《杨成武回忆录》，解放军出版社2014年7月第2版。

地和我握手，我非常激动。我们简单地说了几句话，杨副主席让他的秘书告诉我他家里电话，说让我过几天去他家详谈。

几天后的一个周末，下午两点半，我如约来到杨副主席家里。我在客厅等了一会儿，杨副主席从楼梯上下来了。我们聊了很多很多抗美援朝前线的事，其中也谈到了我和张岐林在朝鲜的有关情况。我们两个人之间没有一点隔阂，就像多年重逢的老战友。不知不觉间，时间竟然过去了半个多小时。我起身站直，行了军礼，就此告别了老首长。

这次拜见，老首长给我留下了终生难忘的深刻印象。他那么高的职务，在和我这样一个小兵交谈时，没有一点官架子，是那么的平易近人。

我当年怎么也不会想到，张岐林同志的遗愿，在 70 年后的今天，终于以这部书的形式完成了，更没有想到的是，张岐林同志还成了我这部书的典型人物之一。

至今想起张岐林同志，我仍然会情不自禁掉下眼泪……

调入六十七军摄影组

张岐林牺牲后不久，我离开六十八军二〇三师回到兵团政治部。随后，我接到兵团通知：凡是从兵团下部队的摄影记者，重新分配。

我被分配到六十七军政治部文化处摄影组任记者，摄影组原来有四人，组长是田明，还有杨子江、马智慧、范梦绵。田明、杨子江和我三人主要负责对外采访，马智慧、范梦绵主要负责暗房工作。摄影组中，我的年龄最小。后来，在朝鲜最艰苦、最危险的环境中，我们五个人在一起生活战斗了三年，相互了解，感情很深，是生死兄弟。

我被调来之前，田明就是六十七军摄影组组长，一位抗战初期参加革命的老同志，中等身材，微胖，性格内向，不大爱说话，在摄影界比较有名。田组长比我大五六岁，是营级干部，穿着营级以上干部才配备的黄皮高筒靴。他对我们就像大哥哥对小弟弟一样，照顾得很周到。朝鲜老乡家的大炕上可以躺五六个人，冬天烧火的时候，大炕中间暖和，两边比较冷，而他总是让我们睡中间，自己靠在边上。

六十七军摄影组战友在朝鲜前线合影，左起：本书作者、杨子江、田明、马智慧（范梦绵拍摄于 1951 年秋）

田明组长在生活上关照我们，在工作上严格要求。记得有一次，我们摄影组开会，他在评价每个人的工作情况时，杨子江却在摆弄照相机。

田组长严肃地对他大声说："杨子江，大家正在开会，你在干什么？"

杨子江猛地一抬头，笑着说："啊，我错了！"

还有一次在朝鲜老乡家院子里，我和马智慧正与老乡家的一个男孩儿逗着玩，跟他学习朝鲜语，学唱朝鲜歌。田组长看到后，叫我们赶快回屋去。

我和马智慧马上进屋，他批评说："现在是什么时候啊，敌人的飞机随时都可能发现你们，如果进行轰炸，后果不堪设想！"

我俩老老实实地说了句："以后一定注意！"

田组长是天津人，从朝鲜回国后，离开了六十七军，后来听说他病故在天津。

我们摄影组的杨子江，是河北人，比我大两岁，大高个儿，身体强壮，业务水平高，工作能力强，是摄影组里的骨干。他拍出来的照片很讲究光线、构图、角度等技术细节，使人看后印象深刻。

田明同志负责摄影组的全面工作，我和杨子江负责外出采访。我俩经常在一起工作，很快便建立了深厚的友谊，我们既是战场上的战友，又是生活中的兄弟。然而，他却英年早逝。

1955 年，杨子江在六十七军政治部（驻地青岛），因患胃病医治无效，过早地离开了人世。当时我正在重庆军委炮校学习，无法为他作最后的送别，这成为我终生的遗憾。

我们摄影组的马智慧也是天津人，口音比较重，二十五六岁，那时结婚成家，天津解放后参加了解放军。他是旧职员，有一定的社会和生活阅历。在摄影组，他和范梦绵主要是负责暗房工作，如照片的冲洗、晾晒等。

马智慧性格活泼开朗，身体健壮，喜欢体育运动。在朝鲜前线艰苦的环境下，他仍然坚持锻炼身体。在单杠上，他能连续做好多个"引体向上"的动作，还能翻几个跟头。我们都做不到，大家很佩服他。

本书作者（左）与战友马智慧（拍摄于 1951 年的朝鲜前线）

在我们闲聊的时候，他跟我们说了一些我们没有经历过的事情：结婚时如何跪拜长辈、夫妻对拜，新娘被一个小伙子推到他的怀里，他趁势亲吻了新娘等等，引得大家哄堂大笑。

六十七军从朝鲜回国后，马智慧请假到北京看望他爱人。那时，我正好也在北京因公办事。他知道后，约我在一个星期天上午十点左右到苏联展览馆（1958 年更名为北京展览馆）大门前见面。

马智慧和他的爱人如约来到展览馆门前的喷水池边，我们互相握手。他向我介绍说："她叫钟金梅，在北京外语学院（后更名为北京外国语大学）当打字员。"我们聊了很多，很快便到了中午。他爱人邀请我去她单位食堂吃饭。我下午还有别的事情，于是便谢绝了。从此以后，我们失去了联系，多年后听说马智慧因病在天津去世。

我们摄影组还有一位战友，他就是范梦绵，北京人，北京解放后参加了解放军。他比我大几岁，性格内向，不善言谈，工作认真负责，埋头苦干，生活上却不拘小节。

范梦绵和马智慧负责暗房工作，虽然两人性格各异，但工作上配合默契。我很尊重他们，把他们当作我的兄长，我们的关系都很好。我现在保存的一些小照片和底片，就是他俩送给我的，其中多数是老范给我的。

战友范梦绵同志（拍摄于 1951 年冬）

老范在生活上有时马马虎虎，大大咧咧。在朝鲜，我们经常住山洞，因水源紧张，往往好几天不洗脚。有一天晚上，我们睡觉前，一脱袜子，臭味满天。几个人都说是别人的脚臭，谁都不肯承认是自己的脚臭，其实每个人的脚都够臭的。于是，大家商量说："明晚睡觉前，一定要洗脚！"

第二天下午，我们就准备好了水，到了晚上，大家都在洗脚，边洗边闻。马智慧突然说："老范，你怎么穿着袜子洗脚？"他低头一看，一边笑，一边慢腾腾地说："我连袜子一块儿洗啦！"从此，范梦绵有一个绰号——范马虎。时间长了，大家干脆直呼"老马"了。

老范好脾气，战友们叫他"老马"的时候，他总是笑呵呵地拍拍人家的肩膀，就过去了。

范梦绵的夫人姓席，我们都称她"小席"，是文工团团员。老范走后，我还给她打过去电话，予以慰问。最近听说她还在北京生活，身体还好。

战火中欢度新年

在朝鲜前线过的第一个新年是 1952 年的元旦，我在 1 月 2 日的日记"愉快的新年"中描述了庆祝元旦的情形以及自己的感受：

> 几天以来都是忙于过年了！这个年虽说是（在）朝鲜战场上，但看起形式来并不次于祖国过新年。吃的方面很好，接连三顿饺子。昨天——元旦下午还吃会餐，最幸福的是每个人分到了从遥远的祖国运来的三两糖，据说过年所用的东西都是祖国来的。正因为这样，同志们都非常感兴趣。

> 不知怎的，有生以来每次过年除了小时候感到有点兴趣外，后来一直对过年毫无感觉，甚至厌恶！大概是由于过一个年就要长一岁，同时脸上的皱纹又增了一道。

> 可是今年不同，满心欢欣。所以昨天晚上也参加了政治部和文工团举行的联欢晚会。晚会一开始大家齐唱了一个《歌唱祖国》的歌曲，虽说是政治部（的同志们）不是专门文艺工作者，但声音特别响亮。特别（是）唱到"祖国"两个字时，好像都加了把劲儿似的，唱得更响亮。这就是表示出同志们对祖国的热爱的心情，从内心发出的感情。谁都为自己生在这伟大的中国和毛泽东时代而感到光荣！的确，我们正是为了祖国这永远可爱，才到朝鲜来，和美帝作斗争，保卫我们伟大幸福的祖国！

在异国他乡的前线庆祝元旦，大家觉得既新鲜又高兴，但谁都没有忘记这里还是战场。庆

荷枪实弹庆新年（拍摄于 1952 年元旦）

向英雄集体授锦旗（拍摄于 1952 年元旦）

朝鲜人民向志愿军献锦旗"中朝人民友谊永世不忘"（拍摄于 1952 年元旦）

祝会上，战士们使命在肩，武器不离身，随时准备投入战斗。

热情的朝鲜人民来到我们驻地，跟志愿军指战员们一起庆祝新年，庆祝胜利。朝鲜老乡不但跟我们一起联欢，唱歌，跳舞，还给我们送来了锦旗，献上他们亲手酿制的美酒，与我们碰杯，为中朝人民祝福，为中朝友谊干杯，共同庆祝来之不易的胜利，一起祝愿新的一年取得更大的胜利。

朝鲜人民送来美酒（拍摄于 1952 年元旦）

朝鲜人民向志愿军指战员们敬酒（拍摄于 1952 年元旦）

枪炮声里我读书

我喜欢读书，小说、散文、诗歌，都爱看。在山洞里，在朝鲜老乡家里，一有时间我就捧着书看。有时，我完全沉浸在书里，将枪炮声抛之九霄云外。此时，只有沁脾的书香，而无呛人的硝烟。

本书作者在前线山洞口读书（战友杨子江抓拍于 1952 年夏）

上页照片拍摄前，我正在洞里借着蜡烛的微光看车尔尼雪夫斯基《怎么办》。时间长了，感觉在洞里很憋闷。山洞里低矮、潮湿，有的地方坐都坐不起来，只能爬着进出，我看书有时干脆躺着。这时太阳出来了，我向连长请了假，走到洞口，深深地呼吸着新鲜的空气。在明亮的太阳光照射下，我坐在洞口，捧着这本书，继续如醉如痴地读起来。

正在这时，杨子江背着相机走过来。他说："杜文亮，你别动！"我还没有回过神了，只听"咔嚓"一声，他已经按下了快门。

我在洞口只待了十几分钟，连长就命令我们迅速返回洞里。进洞没几分钟，敌机嗡嗡地飞过来，随后在洞口传来轰隆隆一阵阵炸弹的爆炸声。

连长说："你们的命真够大的！再晚几分钟进来，就危险啦！"

杨子江拍摄的这张照片用光很考究，画面布局也很得当。我很喜欢这张照片，后来还放大了摆在家里。从照片中，可以看出我军裤上的补丁。那时候部队的供给条件比较差，新发的军服上还有补丁。

本书作者在朝鲜老乡家炕上读书（战友马智慧抓拍于 1952 年冬）

有段时间，我和战友马智慧在朝鲜老乡家同睡一个炕，他在不经意间为我留下了这张照片。

新中国成立不久，文学类图书主要从苏联引进，内容大都是激励年轻人积极进步的。当时，我的文化程度不高，看得似懂非懂。我阅读的主要是苏联作家的小说，如高尔基的《我的大学》和《母亲》、车尔尼雪夫斯基的《怎么办》、法捷耶夫的《青年近卫军》、奥斯特洛夫斯基的《钢铁是怎样炼成的》、托尔斯泰的《安娜·卡列尼娜》等名著。

这些小说对我的成长影响很大，特别是《钢铁是怎样炼成的》里最有名的一段："人最宝贵的东西是生命，生命属于人只有一次。人的一生应该是这样度过的：当他回首往事的时候，他不会因为虚度年华而悔恨，也不会因为碌碌无为而羞耻。这样，在临死的时候，他就能够说：'我的整个生命和全部精力，都已经献给世界上最壮丽的事业——为人类的解放而斗争。'"

关于《钢铁是怎样炼成的》这部小说对我的影响，我在 1952 年 7 月 27 日的日记中是这样写的：

> 下师（部）已 20 多天了，准备明天回军（部）。……因天气下雨，今天没有回军（部）。我在图书馆①借了一本书，苏联小说，保尔原著《钢铁是怎样炼成的》，通俗本，看了一遍。对有生以来没有做过一件成功之事的我，又一次伟大的启发和教育。我不再谈过去如何如何不好，今后应该如何如何了，而是如何如何做的问题了。以后看吧，（就）我本身来说，要有一点小小的变化。

关于高玉宝②的小说，我在 1952 年 1 月 10 日的日记中是这样写的：

> 中午去文化组坐了一会（儿），随手捡起一本《解放军文艺》看

---

① 所谓图书馆，只不过是在一个大山洞里摆放一些图书、报纸、杂志类的读物，虽然无法与国内的图书馆相比，但在前线能够读到这些读物我们已很满足了。

② 高玉宝（1927 年 4 月 6 日~2019 年 12 月 5 日），山东黄县人，中共党员。出生于辽宁瓦房店孙家屯村。中国知名作家。历任战士、通讯员、文艺干事，师职创作员，共青团第二届中央委员，中德友好协会理事，辽宁省民间文学协会理事，沈阳军区创作室名誉主任。1962 年毕业于中国人民大学新闻系。

一下，上面有一篇介绍一个文艺英雄高玉宝同志的文章。他——高玉宝同志是一个通讯员，农民出身。经过在部队里几年的锻炼，现在能够认到千字左右，但他能够写 30 余万字的小说。正如作者所说，"这个真是惊人的！"的确，开始我就有些不相信，"写十个字要问别人七八个"的人能够写 30 余万字的小说！但经过作者的介绍，才知道他（是）怎样写出小说的。

根据作者介绍，从他写的小说中了解到他是一个有决心和恒心的人，同时还有一种阶级的仇恨和强烈的阶级感情，这种强烈的阶级感情来源是和他从小受尽地主阶级压迫的深重是不分不开的。这就促成他能够用自己坚强的意志，著成 30 万字小说的关键，同时这也是他用自传的形式写小说的（原因所在）。

这样一个文艺英雄，我读之后，确实感动了我！使我钦佩！羡慕！同时也使（我）联想到自己，我可以说在文化方面和他大同小异，自己也是比较喜欢文艺的，自己有一种理想，催促着（我）。（但）如何才能写出小说呢？这真是我非常作难的一个问题，是否我也能写呢？我自己也很怀疑，因为自己没有决心，没有像高玉宝同志那样坚强的意志，那么，就不能够做出成绩。不过自己对自己的理想并不是完全没有信心的，因为我也有自己的理想，并且也有为实现理想的决心。

我爱读书，喜欢文学，年轻时就有着文学梦想。

我还有一个写日记的习惯，在日记本中不仅记录了我的亲历、亲见、亲闻及情深感受，还提高了我的文字表达水平和文学修养。

这个日记本里有我从 1950 年 12 月 31 日至 1953 年 6 月 10 日期间写的日记，虽然不是每天都记，但它真实记录了我在朝鲜战场的日日夜夜，它帮助我回忆起了许许多多在抗美援朝前线的故事。日记本有 6 万多字的内容，我一直保存到现在，已经 70 个年头了。

本书作者在抗美援朝期间用过的日记本原件

本书作者 1953 年 2 月写的两篇日记原件

本书作者在朝鲜前线写日记（战友杨子江抓拍于 1952 年夏）

上面照片是杨子江同志抓拍时，当时我正在写日记。因为过于专注，竟然一点没有发现自己被拍照了。

1952 年 8 月 22 日，我正写日记的时候，一颗炸弹突然落了下来，幸好有惊无险。于是，我在当天的日记中写道："正在写着，一个大炸弹落了下来，大概有几百米，很近。现在飞机正在头上转。"

最近几天，各师都发现在某团的驻地有了美国飞机扔下的细菌昆虫、包装这些东西的器具，都让我们各师的摄影者拍照下来了，这将是美帝铁的罪证。

——朝鲜战地日记

前线大练兵

从 1951 年 12 月开始，六十七军为迅速提高部队战术、技术水平，开展了战备大练兵。

我在 1951 年 12 月 16 日的日记中，真实地记录了六十七军的备战练兵情况，这篇日记的题目是"西伯利亚的寒流"。日记全文如下：

西伯利亚的寒流飘到了朝鲜战场，随来的北风引起了一场大雪，朝鲜这秋季的美景，已被这突来的风遮住，白茫茫的一层，看不见那满山的花草。松树林也变了色，绿叶上盖了一层层的白雪，这样就成了"秋去冬来"的景色了。

前线的将士们自从打垮了敌人所谓的"秋季攻势"以后，还坚如泰山地在那严阵以待，防止敌人的猛犯，侵占我们的阵地。但他们已换上了祖国送来的棉衣、皮帽、皮鞋等，每天吃着从祖国送来的大米、白面，抽着从祖国送来的香烟，读着祖国的新闻……

他们除了监视敌人的行动外，就在这前线进行了大练兵。

战士们在雪地里操作无后坐力炮（拍摄于 1952 年 2 月）

战士们在厚厚的雪地里演习冲锋（拍摄于 1952 年 2 月）

"高山是操场，森林是课堂"，这是战士们在这种环境里提出的口号。就在这样的口号下，展开了前线练兵运动。哪怕是风，哪怕是雪，哪怕是白天，哪怕是黑夜，任务只要一到来，我们就背上行李，挂上武器，去执行使命。

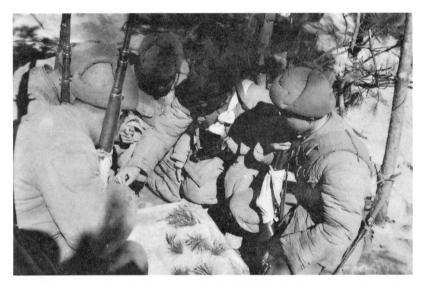

战士们在雪地里用松枝摆阵，研究战斗小组作战方案（拍摄于 1952 年 2 月）

指挥员给战士讲授军事课（拍摄于 1952 年夏）

　　为了祖国的平安建设，为了朝鲜人民的解放，为了世界的永久和平，为了五星红旗在天安门前自由地招展，为了孩子们的幸福，为了毛主席，我们在执行任务中，不知道什么是艰苦，不知道什么是困难。高山登过去，荆棘穿过去，山洪渡过去，寒冷忍过去，战火钻过去，黑暗冲过去，这是我们的心中意愿。正因为我们这样，祖国人民才称我们是最可爱的人！最可爱的呀，让你永远可爱吧！

　　等到有那么一天，回到久别的祖国以后，那些可爱、天真而活泼的孩子们，那些美丽的姑娘们把一朵朵的鲜花戴在你的胸前！

练兵期间，本书作者试用炮队镜①拍照（战友拍摄于 1952 年夏）

　　我志愿军部队在朝鲜战场训练的时候，用这个炮队镜可以在战壕里观察很远距离的敌人动向。我当时脖子上挎的是基辅相机，是想用炮队镜来拍摄

---

① 炮队镜是用于观察和测角的潜望式双目光学仪器，由两个单目镜筒组成的双筒潜望镜、方向测角机构、高低测角机构和三脚架组成。炮兵主要用它观察战场、搜索目标、侦察地形，观察射击效果和测定炸点偏差量，也可用于测定炮阵地、观察所的坐标。

远距离的战场，但是没有成功。我在 1952 年 3 月 8 日的日记"春风"中，记
录了志愿军指战员们紧张的练兵生活：

> 积了一冬的大雪经过这几天的阳光照射，溶解了不少，路上都
> 是泥泞。战士们在自己的房子——洞门前、山坡上展开了紧张的练
> 兵。在雪地里练习投弹，在路旁的"战地俱乐部"门前看报纸……正
> 在做着各种活动的时候，忽然从西北方向刮起了大风，把洞口的窗纸
> 也吹坏了。风虽然这样大，但不感到很冷，很显然这是一种春风。

指战员们战前研究作战方案（拍摄于 1952 年夏）

高射机枪演习（拍摄于 1952 年夏）

　　我在 3 月 30 日的日记"战备"中，记录了志愿军指战员针对美军发动的细菌战进行的一系列应对工作，以及粉碎美军"秋季攻势"功臣表彰大会。日记全文如下：

> 　　昨天接到一个通报，最近敌人在金城以南（去年我军粉碎美帝发动的所谓"秋季攻势"地区）增加了新的部队，据说这是李承晚匪帮的"首都师"①，并在最近几天有敌人的军官等人不断在前沿阵地观察地形……
>
> 　　根据这些征候，敌人很可能在最近这个春季内发动一次新的进攻，所以上级要我们充分做好一切战斗准备，说什么时候走就一点不能拖延（地）什么时候走。

---

① 李承晚的"首都师"是南朝鲜的 4 个主力师之一，是头号"王牌"，其师徽是一只血口獠牙的白色虎头。在金城战役二青洞战斗中，被我们二十兵团的六十八军二〇三师打得颜面无存，其"虎头旗"也落入我志愿军手中，后来被中国人民军事博物馆所收藏。

今天我将自己的东西整理了一下，需要带的准备带的放在一起，没有用的或用处不大的放在一起，准备留在后方。

最紧张的几天：

自从美帝在朝鲜撒布细菌以来，祖国人民对此表示了最大的愤怒，并且（把）大批的也是最科学的医药品迅速（地）运到朝鲜来，同时还派了各种细菌（武器）专家和医务工作者随即到朝鲜前线，来抵抗和消灭美帝撒下的细菌昆虫，为朝鲜人民和中国人民志愿军复仇。

我们也随着这种形势而进行了各种防御的工作，除了每个人都要注射规定的一切药品以外，还要打扫和整理自己和公共卫生，规定了如何扑灭传染病的媒介……

因为到了春天，积了一冬的深雪都融化了，可是路是非常难走的。汽车过后，泥泞的，深而稀，扎进很深的雨道沟，（这）对于运输是有妨碍的。所以我们全体人员，不论（是）干部、战士都参加了这个修路工作，今天下午我们完成了这个任务。

这半个月：

从一九九师①回来就赶上开功代②大会，大会共进行了8天，在这几天之内是比较忙的，同时也是比较累的。因为会址是在司令部，距我们这里按路程说最少有8里，但是当中还要经过两个山头。山头虽然不大，但每次的爬行总是要出一身汗的，可是还是必须最低限度地要走个来回。就这样几天的时间，除了拍照功臣像外，我还要抽出一定时间来洗（照片）。大家经过这几天的忙碌，任务总

① 解放军第六十七军第一九九师，1949年2月成立。前身为中国工农红军第一方面军第一军团第一师。1949年5月，一九九师接中共中央、中央军委和毛泽东主席命令，作为陆军部队的代表参加开国大典受阅。10月1日，在中华人民共和国成立开国大典上，一九九师官兵组成12个徒步方队代表中国人民解放军陆军接受光荣检阅。1951年6月，一九九师在中国人民志愿军第六十七军编成内入朝作战。

② 功代，功臣代表的简称。

算圆满（地）完成了。

功代大会（这几天）是这半个月里最紧张和愉快的几天。首先，这是在出国作战——打垮美帝发动的所谓"秋季攻势"的伟大胜利以后，在朝鲜前线召开的。它和祖国的各方面甚至意义上也增加了不同。就说会场的地址吧，是在一个很隐蔽的同时也是向阳的半山坡上，用松木搭起的木头房子，从外面看和一般的普通房子差不多，但比起朝鲜的房子是要高得多了。从里面看，特别是布置好功臣代表大会的会场以后，你简直分不出是在朝鲜还是在祖国的一个大礼堂里，因为房子的一头有舞台，高出平地的栏杆用红布遮着，房子的后面是用白布挡满了房子的四周，窗子是用白纸糊着以外，其（他）地方全是白布布置的，所（以）全是白的。可是自布置了功代大会以后，（会场）显得更美丽，颜色更加鲜艳了。两边的墙上挂满了献给功臣单位的和各个单位赠给这次功代大会的各种锦旗，旗子的上面横挂着两条用紫色洋布^①贴上字的标语。"保持荣誉，发扬荣誉，坚决打垮美帝，争取更大的胜利……"

在开幕典礼的那天，当英雄们从下边爬上山坡到会场去的时候，军首长都（站在）用松枝搭成的"英雄门"的两旁，在军乐声中，军首长一一和英雄们握手，英雄们的脸上个个发出了微笑。

钟主任^②在开幕词中说："你们是最可爱的人里面的更可爱的人！你们（是）毛泽东的好战士，是国际的和平战士，是中国人民心目中的优秀之花。你们有伟大而崇高的爱国主义和国际主义精神，你们有勇敢、有智慧、有伟大的自我牺牲的精神，你们是部队的精华！祖国人民有了你们，可以稳步（地）进行和平建设，使国家更美丽，更富强。世界爱好和平的人民有了你们，永久和平的愿

---

① 这里的"洋"是外国的意思。洋布是指从外国进来的用机器织的平纹布，是与我们传统的土布相对来说的，土布一般指手工纺织的粗布。
② 钟主任，即六十七军政治部主任钟华农，从朝鲜战场回国后，任六十七军副政委、代政委兼政治部主任。原名钟化龙，1913年9月出生，江西瑞金人，参加过开创中央革命根据地的战斗、五次反"围剿"、长征、抗日战争、解放战争和抗美援朝战争，1955年1月不幸英年病逝。

望有了保证。"

开会的当中四天时间，在小组会上，大会各（个）代表都把他们各种不同的、最生动（的）、最坚强的，而且是最光荣的事迹介绍出来。最后的一天，大会宣布胜利结束。在闭幕时，首先给功臣们献了锦旗和各种礼品，最后各首长从讲话中给了工作一些重要的指示，着重说明现在美帝国主义又在发动灭绝人性的细菌战争，要求我们每一个功臣代表同志们加强练兵和防疫，准备给敌人以沉重的打击。使他们了解我们有足够的力量来打败（他们）军事上的进攻，另方面也要叫它知道细菌战争同样是吓不倒中朝人民的，细菌战早晚要在中朝人民坚强的反击下失败。因为我们不但有充足的条件和防疫办法，还有全世界爱好和平的人民以同情我们和痛恨敌人的眼光来支持我们，苏联人民是以最伟大的国际主义精神来给我们帮助的。

志愿军战士自制的工具

1952 年元旦一过，我们六十七军就展开了粉碎敌人冒险进攻的准备工作。

指战员们在前线自制的炊具（拍摄于 1952 年初）

担任筑城的部队日夜抢修坑道工事，缺乏工具，就自己制，仅第二〇〇师就建铁匠炉 71 个，自制大锤 1000 把、钢钎 1200 多根和其他大小工具 1400 多件。[①]

---

① 引自张明金、刘立勤主编的《中国人民志愿军历史上的 27 个军》，解放军出版社 2014 年 1 月出版。

关于我志愿军战士自制工具的情况，我在 1952 年 1 月 5 日的日记中提到过：

　　刚开始洗照片，听到通知让（我）到秘书科去搜集归国代表的材料。于是，（我）背起了两个照相（机），到那（儿）去。贾副科（长）把归国代表的主要任务介绍了一下，并分别介绍了这次他们带回祖国去的朝鲜战场上志愿军战士自己在艰苦的情况下（制作）的一些东西，日常用的如碗、筷子、叉子、勺子，娱乐用具如二胡、南胡、三弦等，里面最有历史意义的是一件小镐和一把小锤。因为在阻击战中挖工事用的小镐已经成了五寸长，小锤也只剩下一个小头。这是多么有价值的东西！在阻击战中，战士们以最大的体力，碰着石头也挖，挖不动,（就）一点点地钻，做出了坚固的工事，打垮了敌人所谓的"秋季攻势"，取得了三天歼敌 1.7 万多人的光辉战绩。

　　这次归国代表要把他们所（制作）的东西带给祖国人民参观，让他们知道在朝鲜（战场）上，志愿军如何以坚强的意志战胜各种困难。

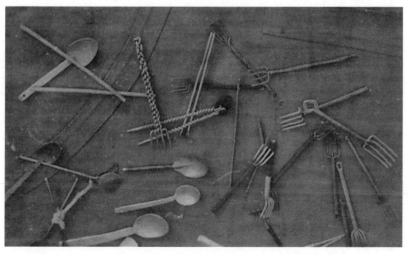

指战员们在前线自制的餐具（拍摄于 1952 年初）

　　我在六十七军军部看到的志愿军指战员自制的各式各样工具，都是从下面各个部队搜集上来的，准备由志愿军归国代表团带回祖国展览，于是我赶紧拍下了几张照片。

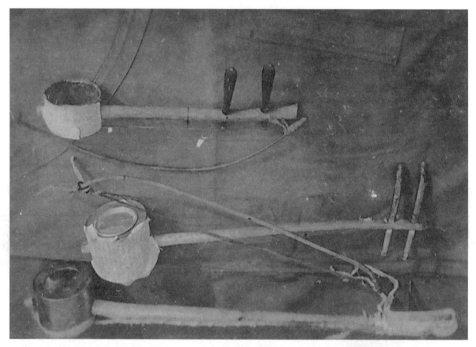

指战员们在前线自制的二胡（拍摄于 1952 年初）

　　1 月 18 日，中国人民志愿军归国代表团和朝鲜人民访华代表团抵达北京。归国期间，志愿军代表团向党中央、毛主席，向祖国人民汇报了朝鲜战场的情况，让国内同胞充分了解了抗美援朝战争的艰苦与卓绝，所到之处受到了极其热烈的欢迎。

感动，在每一刻

　　在朝鲜的日子里，无时无刻不被朝鲜老乡的热情所感动。我们志愿军与朝鲜人民结下了深厚的情谊。

朝鲜妇女为中朝战士签字留念（拍摄于 1952 年）

　　我在 1952 年 1 月 5 日的日记中记录了一段我和战友与几位朝鲜姑娘的交谈，虽然我们用半中文半朝鲜语比比画画地交流，但是大部分能理解彼此所要表达的意思。

　　　刚才（我）从秘书科回来，随即跟着来了两位朝鲜姑娘，她们在屋子的外边用不大熟练的中国话说："我的相片的给……"这样，我们便知道了她们的意思是想让（我们）给她们照个相。同时，（我们）请她们进了房子。

　　　从（她们）半生不熟的中国话以及我们半生不熟的几句朝鲜话的谈话中了解了她们是本村的，一个是普通的女性；（另）一个是民管委员会（的）"女性同盟委员长"，就是中国的妇女主任，她今年30 岁，名叫金上女。虽说（中国话）不熟，但她是那样活泼、自然，（和）我们谈得很热闹。由于她这种自然、愉快的情绪，也引起了我们和她之间闲谈的兴趣，所以就你一句我一句地问起她来了……

从此便越谈越热闹，当谁也听不懂她的意思时，你看我，我看你，大笑一阵，（我们）一直谈到吃下午饭（的时间）。因为她帮马智慧同志缝袜子而留下，她在我们这里吃了一顿"中国饭"，她非常客气（地）只吃了两个馒头就放了筷，饭后又继续了我们的闲谈。最后还谈到她有没有爱人，她毫不犹疑地指手画脚地比画着说，她从小就已被爸爸订了婚。解放后，政府实行婚姻自由，她就要求和那个人解除婚约，并说那个男人"那个有"（有心上人，不好的意思），同时又带着很严肃的表情向我们述说她内心的远大理想：（等）朝鲜解放后，美国人走了，人民军来了以后，她要在人民军里找一个爱人，到中国去，这是她最美好的理想。像她这样的千千万万的朝鲜姑娘，都为着她们的幸福理想而与美帝国主义和男子一样地斗争着。

因为我们谈得很热闹，引起了隔壁房东的两个小姑娘跑到我们这里来凑热闹，她们不会中国话，但从中也了解了不少志愿军和朝鲜人民的关系。我们也问了她们（家里）有没有什么人，她们也用中国话回答了，有爸爸、妈妈，还有哥哥、弟弟等。这时，她们参观了我们的照片，特别是看到毛主席和中国小姑娘的照片时，都异口同声地说："照似米达（顶好）！"

已经是晚上五点钟了，这几位年轻的姑娘还用羡慕的眼光看着我们的各种物品，最后临走时说："中国志愿军通通是我们的哥哥（韩哈基）。"我们也用朝鲜语来向她们说"倒不那不西达（再见）！"来欢送他们。

1月26日（农历除夕），我们与朝鲜房东召开了一次座谈会。我在当天的日记中是这样写的：

今天是农历年三十，我们还是按着祖国的老风俗过年。听秘书科说，叫（我们）领些东西，和朝鲜房东开个座谈会，随即（我们）

召集了房东。房东（家里）共五口人，一个母亲，四个孩子（二男、二女）。但不幸（的是）母亲和大女儿病了几天，不进汤饭，只得让几个没有病的孩子参加了。我们将领来的东西摆好，喊了声："腰包梭，点里机由安朱西要（喂，我房子里坐坐）!"随即，这三个（最大的16岁）孩子来到了我们房子里，表示很尊重地坐下。这样我们就开始了我们的谈话，吃喝，唱歌……

因为领的东西不多，里面有酒、糖、花生米等，这些东西都是从祖国来的，所以我们每个人吃了一块糖，其它的尽量地让给这几个朝鲜孩子们吃了，并特意又给他们几块，给他们在病着的阿姆尼（妈妈）吃。在喝酒的时候，我们一杯杯地敬他，开始喝得不少，但再让他喝时，他（说）："我不喝。"当我们说"祝金日成、毛泽东、斯大林身体健康!"时，他一点不推辞就喝起来。这个大点的男孩子比较老实，那两个小孩子比较顽皮。他们用很多半生不熟的中国话说让我们喝多点，可是他们一口也不喝。待东西吃得差不多的时候，我们搬来了留声机（播放）起来了，(播放）郭兰英的片子很多，在听着这些歌子的时候，我已不知道是在朝鲜的一间小草房里，好像在祖国北京的一个地方。

快12点了，这几个孩子说了（声）"高马四米达（谢谢）!"就回去了。

5月3日，我在日记里记述了我和当地小学生欢歌笑语的情景，日记的题目是"聪明的孩子 于三坊里"。

自从到三坊里住（下）以来，这几天每天下午都和这个院子里的小学生们玩儿。在玩儿的时候，他们唱歌，我就听。因听不懂朝语，也无法知道他们唱的什么内容。后来，他们唱起了朝鲜民歌《布谷》，我跟着他们唱起来。因为我早就学会了这个歌。入朝以来，除了《金日成将军之歌》会唱一段以外，就是这首《布谷》比较熟悉一些。所以，当他们听见我会唱这个朝鲜民歌的时候，都兴奋地笑起来了，说："照似米达（顶好）！"并欢迎我再唱一遍。我又给他们唱了一遍，从（此）我成了他们当中的一个朋友。当我到他们门口时，他们那一个个的小圆脸上发出了微笑，并很客气地让我进房子："安聚西要（请坐下）！"我说"高马四米达（谢谢）！"，来谢他们。

志愿军战士和朝鲜儿童在一起（拍摄于 1952 年夏）

从这几天相处当中，虽然语言不通，但从他们那（些）表情里可以了解他们那种聪明、活泼。这些孩子的穿戴都不好，破衣烂鞋，可是他们都是那样愉快而紧张地在念书。条件是很（艰苦）的，他们原来很舒适的学校、房舍都被美国飞机炸坏了，现在他们是在深山沟里临时盖起的几间小茅屋里念书。他们知道这种困难是谁给的，在他们小小的心灵深处，早已刻上了美帝是吃人的野兽，它夺去了我们的自由。同时在他们的心灵深处，（也）刻上了中国人民志愿军是我们的亲密战友，为我们的解放，而（经）受了各种艰险和牺牲，他们的鲜血洒在了我们祖国的土地上。

朝鲜经常派文工团慰问我志愿军指战员。我在 2 月 23 日的日记里，特别记载了朝鲜江原道的文工团慰问我军的情况，日记的题目是"欢迎晚会"。

　　朝鲜江原道的文工团来到这里慰问我军。为了对他们表示欢迎，晚上政治部组织了一个欢迎晚会。

　　晚会是在一个大洞子里进行的，所谓大洞子是比朝鲜房子大一点，也只不过是顶两间那样的房子，最多拥（进）70个人。可是，一百五六十号人的政治部，再加上文工团的20来个人，怎么能拥得下呢？没有办法，就按各科人数的多少，派出代表参加。我是宣传科的代表之一，荣幸地参加了这个中朝人民表示友谊的晚会。

　　晚会的娱乐节目是本军文工团的舞蹈和小（合）唱，以示对他们的欢迎。后（面）是江原道文工团的节目，他们是一个舞蹈和一个歌（曲）来回参演的，里面的舞蹈有朝鲜族民间舞的基本动作和别的民族的各种舞姿。节目最精彩的是苏联的乌克兰舞和中国的蒙古舞，歌曲是《白毛女》和《歌唱毛主席》。

　　从看的当中我的感觉是这样的：朝鲜的文艺工作者是能吃苦的，他们一共不足20个人，每个人都担任很多任务。搞乐器的还担任演员，放下乐器上台演出，下来拿上乐器，放下这件拿上那件，脱了这件衣服，换上那件衣服，没有一个闲人。听说他们每天除了演出节目外，每次都是到四五十里外的各地志愿军那里，徒步背着很多东西，他们这种吃苦耐劳的精神是值得我们学习的。

中国民间舞——口衔球（拍摄于1952年夏）

朝鲜儿童在表演民族舞（拍摄于 1952 年夏）

朝鲜在战斗着，朝鲜的文艺工作者也在战斗着。用他们那坚强

朝鲜民间伞舞表演（拍摄于 1952 年夏）

的工作意志战胜各种困难，为着祖国解放而日夜奔忙于战斗的环境里。另外，他们的艺术也是极优美而富于感情的。从舞蹈的每一个动作里都可以看出来那种细致、活泼的表情，不但能说明舞蹈内容，而且吸引了每个观众，使每个人都感到朝鲜民族的文化、艺术是很丰富的，进而对解放朝鲜兄弟民族的决心和信心增加了力量。

1952年夏的一天，我从前线回来，准备去军部，路过一个村子，远远地看到几间破旧的草房。草房前面有一棵高高的大树，在大树上两根绳子绑着一个秋千。两个穿着朝鲜民族服装的七八岁小女孩儿，正在兴致勃勃地荡着秋千。秋千荡到高处，引得周围一群孩子一阵阵的欢呼。荡秋千是朝鲜女孩子们最喜爱、最普及的传统体育运动项目。

要是没有战争，这该是多么美好的场景啊！

看到这些无忧无虑的孩子，我不禁浮想联翩，一时竟然忘记了这是在炮火连天的战争中。收起心神，我迅速拿出相机，想要记录下这一美妙的时刻。

孩子们看见我拿着照相机，向他们走过来，所有人的目光立刻转向了我，荡秋千的两个孩子也下来了。他们整整齐齐地排成两队，面向我，比比画画，咿咿呀呀地说："当心（你）""乌里（我）"，并指着我的相机，说了一些我听不懂的

朝鲜儿童在荡秋千（拍摄于1952年夏）

朝鲜话。好一会儿，我才弄明白，原来他们是想要我给他们照相。

我用汉语夹杂着几句朝鲜语，连比画带说地让他们继续荡秋千。他们选了两个水平最高的女孩，荡了起来。秋千由慢到快、由低到高，来来回回地悠荡着，美妙的时刻又重现了。我迅速按下快门，照了好几张。

照完相，孩子们一张张小脸上露出淳朴、满意、美丽的笑容。他们高高兴兴，蹦蹦跳跳，簇拥着我，一直把我送到大路上，远远地还在向我招着手……

朝鲜儿童向志愿军官兵献花（拍摄于 1952 年夏）

倒在细菌战下的军长

在朝鲜平壤市牡丹峰北麓矗立着朝中友谊塔，塔底圆形石室大理石台柜上的铜盒内，珍藏着 10 册精装的中国人民志愿军烈士名录，名录第一册第一名就是李湘。

李湘是在抗美援朝战争中牺牲的志愿军最高级别的指挥员，他是我们六十七军的代理军长（第二十兵团党委会于 1952 年 5 月 4 日评定李湘为正军级），被美军投下的细菌武器夺走了年轻的生命。

我虽然没有见过李军长，但他的威名在六十七军上上下下传颂着。他是一位年轻有为的高级指挥员，16 岁就参加了红军，身经百战，屡立战功，被誉为"坚定顽强，机智灵活的优秀指挥员"。

在李湘军长的指挥下，六十七军在朝鲜战场打了不少胜仗。他平易近人，爱兵如子，深受广大指战员的爱戴。他是一位年轻的老红军，据说他的名字还是朱德总司令给他改的。原来他叫李秀里，红军经过湖南时，朱总司令说："怎么叫个女人的名字？部队到了湖南，我看你以后就叫李湘吧。"

1952 年夏天，听说李湘军长脸上长了一个小疖子，本来问题不大，但因为他在前线指挥作战时，被敌人投下的细菌弹感染了，发病很快，后转化为败血症和脑膜炎病，虽经医生多次医治，终因抢救无效，于 1952 年 7 月 8 日牺牲在前线指挥所，从发病到去世仅仅 8 天时间就夺走了我们这位军长的生命。我们军长去世的时候只有 38 岁，他参军 20 多年，经历无数次大仗、恶仗，谁也没想到却倒在了美军的细菌武器下，倒在了异国他乡的朝鲜大地上。

李湘军长的牺牲给我们六十七军造成了很大的损失，上级怕部队受到影响，没有马上向下面公布消息。几天后，我们在前线的部队得到了军长牺牲的噩耗，全军指战员无比悲痛。因为前线还在战斗着，没有条件举行大规模的悼念活动，大家都在各自的坑道里，根据战斗情况，没有统一的时间，就地默哀，为军长送行……

我们都为失去这样一位优秀的首长而痛心，同时更加痛恨美帝使用细菌武器这一惨无人道的卑劣兽行，并表决心，多打胜仗，多杀敌人，为军长报仇！

12月10日，我们军长的遗体从朝鲜前线运回祖国，运往他曾经率部解放过的石家庄，并于12月11日在石家庄举行了迎灵、公祭、公葬仪式。参加公祭的有中央军委、华北局各界代表、军长生前友好及家属700多人。中央军委代总参谋长兼华北军区司令员聂荣臻、华北军区政委薄一波等首长及军长生前好友送了花圈或挽联。

聂荣臻司令员的题词是："我深以丧失了20年的老战友、青年优秀将领——李湘同志而哀悼！"

薄一波政委的题词是："李湘同志是以其国际主义的精神在伟大的抗美援朝战争中牺牲的，死得其所，死有余荣！"

华北军区参谋长杨成武主祭并致悼词。公祭大会结束后，李湘军长的遗体安葬在石家庄华北军区烈士陵园。

其实，早在1952年1月，朝鲜北部就出现了几架美机，它们只是飞到上空悄悄转了几圈就飞走了。之后，有人就看见地上多了几种叫不出名字来的小虫子，还有许多跳蚤和这个季节不该出现的昆虫——苍蝇。经过志愿军医务部门现场取样化验，初步的结果是：美机撒下的这些小虫子身上携带有鼠疫、霍乱等许多细菌。

这是细菌战，赤裸裸的细菌战！

中朝医学科学部门后来查明，美军撒下的昆虫等动物中带有鼠疫杆菌、霍乱弧菌、伤寒杆菌、痢疾杆菌、脑膜炎双球菌、脑炎滤过性病毒等共十几种。

携带大量细菌的昆虫（左图）及我志愿军焚烧细菌的现场，焚烧的细菌箱子上写着"细菌箱危险""不许动"等字样（六十七军一九九师摄影组长蓝泉拍摄于1952年3月）

2月上旬，第六十七军根据上级指示，迅速组建了军、师、团防疫委员会，营、连建立了防疫组、侦察组。军、师组成了防疫治疗队、传染病隔离医院（所），团组成了传染病管理组，并划分了防疫负责区，设立了疫情监视哨、游动侦察组、交通要道检疫站等。为全军人员注射了五联疫苗、斑疹和伤寒疫苗、鼠疫疫苗，接种牛痘。经过5个月的紧张斗争，胜利地粉碎了敌人的细菌战。①

关于美军在朝鲜战场上发动的细菌战及我志愿军进行的反细菌战，我在1952年3月16日和24日的两篇日记中有相关记载。

我在3月16日的日记"美帝的兽行"中这样写道：

> 最近几天，各师都发现在某团的驻地有了美国飞机扔下的细菌昆虫、包装这些东西的器具，都让我们各师的摄影者拍照下来了，这将是美帝铁的罪证。

> 帝国主义者，人民的死对头。他们不仅用飞机、炸弹来毁灭和平人民的生命、财产，而且用最卑鄙无耻的灭绝人性的细菌战来摧毁人类。全世界爱好和平的人们，谁不切齿痛恨这种违反人类正义战争贩子们的滔天罪行呢？没有！只要是人想生存过幸福生活的人，都会发出最愤恨的吼声，"惩办这些吃人的野兽！"。帝国主义者——使用细菌武器的魔王，是逃不出人民巨掌的，一定要受到国际法庭的严惩！

> 使用细菌武器的帝国主义没有吓倒和平意志坚强的人民，而且更加强了人民愤怒的情绪。另外更没有显出它的什么威风，反而更证明了这是帝国主义临死前挣扎的征候。

我在3月24日的日记"防疫"中这样写道：

> 自从美帝国主义在朝鲜的前后方撒布细菌以来，祖国人民很快

---

① 引自张明金、刘立勤主编的《中国人民志愿军历史上的27个军》一书，解放军出版社2014年1月出版。

地给我们运来了大批的特效防疫药品。几天来，（我）注射了很多的各种活菌苗，几次的注射以昨天的一次反应最大，浑身骨头节和头（都）疼，一点劲儿没有，整整闹了24（个）小时，今天才觉减轻。据说，这是五（联）合菌苗。

除积极地注射药品外，行政上特（别）布（置）打扫环境卫生，消灭各种传染病媒介。上级提出，这是（同）敌人的一场激烈战斗。

大战间隙丰富的业余生活

朝鲜战场虽然很艰苦，但是志愿军指战员想方设法利用战斗的间歇，丰富自己的业余生活。

战士们战斗间隙的文化娱乐（拍摄于 1952 年，曾发表于《解放军画报》）

战士们在"战地俱乐部"门前欢快地跳舞、吹口琴（拍摄于 1952 年冬）

关于我们战地的业余生活，我在日记里有过几段记载。

我在 1952 年 2 月 22 日的日记"有趣的生活"中，记录了我们在雪地里滑雪、打排球等野外运动的情形：

> 朝鲜的气候是比较冷的，所以（我们）一冬天就钻在一间小茅屋里工作、学习，一点不敢出去。这样一来，待上一天，脑子晕得厉害，后来我们好像犯了同病。怎么办呢？我们想出一个非常有趣，而且对身体也有好处的办法。朝鲜小孩儿用来滑雪的一个木制的小滑具，我们就利用这个玩具，每天下午拉到山坡上去滑雪。从上面往下滑，因为坡长而又比较陡，所以速度非常快，好像坐摩托似的，从人群中"嗖"声而过。有的同志刚一上去还不熟练，不断摔跤。开始我也摔了好几个，并把裤子刮了两个口子，露出了白白的棉花。就这样每天玩它一阵，身上觉得非常舒服。

除了那样的野外运动外，最近有位同志找出了一个半新的排球，据说那还是从祖国带来的，经过了这么长一段时间的行军、战斗，没有丢掉它。今天拿出来，因为满地都是几尺深的大雪，不可能有很大的（空）地做排球场，只有在一所房子前边的一个小院里，大家围成一个圈子托起来，一直到已经看不清球要往哪（儿）落了为止。

我们部队里有"战地俱乐部"，俱乐部里有报纸、杂志、小说。在休闲的时候，我经常到这里来。

战士们在"战地俱乐部"门前借阅书刊（拍摄于1952年冬）

高射炮兵在战斗间隙阅读《人民日报》(拍摄于 1952 年秋)

在朝鲜战场上，能够打上乒乓球、洗上澡，对我们来说那可是出乎意料的。关于这两项"福利"，我在 1952 年 6 月 9 日的日记"想不到的事　于六〇二团"①中有相关记载。

入朝将近一年，在这（段）时间里，除了行军打仗外，就是平时的工作。唯一玩的时间只能是散散步，到山坡上。后来环境好一些，政治部安上了排球（架），下午就有（人）在上面打主意了，这是最好的玩头。

---

① 六〇二团在抗美援朝战争上表现出色，是六十七军的主力团，隶属于二〇一师，其前身是抗战胜利后中国共产党在冀东、辽东地区组建的地方武装，解放战争即将结束时编入主力部队的。

今天到这里搜集何相荣①的材料，下午回去政治部时，这里团首长的门口（洞口）松林下有一（个）乒乓球（案）子，他们打得（蛮）有劲儿。我一见这很久以来没有想到的东西，今天果然也有机会玩一玩，太好了！在打的当时，除了案子不平，和以前的（比）差一些外，还有什么不同呢？啊！——那就是在朝鲜，在山沟里的松林里……几千年来这里没有住过人的地方，现在是住满了志愿军。另外每天也不知多少次的飞机在上空盘旋，在距这里几里地洗浦里②车站轰炸、扫射……

打完球后，副团长说让我们去洗澡，我们也随着他在松林中，高低不平的狭窄的小道儿上往里钻。到了一个从外面看像个草棚子似的地方。走进去一看，上边有三个大汽油桶，冒着热气，这就是"志愿军澡堂"。里面有一个将近一公尺深的坑，"这就是"，他说。

我们进去后，有一个同志（他是管开这个的）抽了一个汽油桶塞子，热水流出去了，我们就这样开始了洗澡。

在洗的时候，副团长给我们讲了一个很有趣的故事。前天，参谋长正在洗着澡时，忽然两架敌机俯冲下来，听着声音是马上要投弹了。参谋长没有顾得上穿衣服就跑了出去……

接着，他说："我们也要注意。也挡不住（敌人）一会儿就会来这么一手！"说完大家都笑了。的确，敌人是每天甚至每时都来投弹、扫射，可是我们也不惊慌，但也不麻痹，过着我们的战地生活。

今天，这两件事是没有想到的。

我们六十七军文化处为丰富指战员们的业余生活，在山洞外设置了单杠、双杠、排球场、乒乓球桌。大家通过这些运动，既锻炼了身体，又增进了友谊。

---

① 何相荣，六十七军二〇一师六〇二团一等功臣，在轿岩山战斗中，曾用双臂当电线，以确保指挥畅通。
② 朝鲜地名。

战士们在木头搭建的单杠、双杠上锻炼身体（拍摄于 1952 年秋）

　　这些体育设施在今天看来，简直是简陋到不能再简陋了，可是在当时的条件下，已经很不简单了。

备战间隙进行武术训练（拍摄于 1952 年秋）

战士们就地取材创办抗美援朝墙报（拍摄于 1952 年冬）

我们摄影组离文工团的创作组很近，他们那里有乐器，没事的时候我就学着拉拉手风琴。

本书作者与文化处部分战友合影，左起，躺靠者为文工团创作组的黎星①、洪燮、拿手风琴者为本书作者、文化处文化干事王力勤、摄影组马智慧（拍摄于 1952 年冬）

① 黎星是二〇一师最早的文艺工作者之一，在抗美援朝时就很有名气。当时，他与战友们整日奔波在硝烟弥漫的战场上，利用战斗间隙为前线部队演出。1952 年，黎星在朝鲜创作了一些深受部队喜爱的节目，其中有《一粒子弹一包糖》，黎星作词，王克非、任福庭作曲。

我们大部分时间是在山洞里。有一天，趁着敌机还没有来轰炸，大家走出山洞，来到山坡上透气。在山坡上休息的时候，一位战友帮我们拍下了上面的照片。有躺着的，有靠着的，有坐着的，喜欢手风琴的我便拿起一架手风琴摆了个样子。

文化处文化干事王力勤是一个非常乐观的人，爱和大家开玩笑。后来，他转业到了全国工商联工作，在北京我还去过他家，可惜他很早就去世了。

我一直在文化宣传部门工作，和文工团的关系比较密切。六十七军文工团和摄影组都归属文化处管理。文工团搞什么活动我都去，任务是为他们拍照。1952 年 11 月，我还和文工团的两个同志一同回国采购，我买摄影器材，他们买乐器。有了在朝鲜战场上拉手风琴的基础，回国后我还学过拉小提琴，还可以用小提琴拉出《梁山伯与祝英台》的曲调。

在朝鲜前线，我们还可以在山洞里看电影，我在 1952 年 8 月 8 日的日记中这样写道：

> 今天看了两部在祖国都没机会看的好电影片子，一个是《阴谋》，一个是《勇敢的人们》，鲜艳七彩。
>
> 《阴谋》的内容很丰富的，它暴露了帝国主义本质，他们那些大资本家的爪牙，在各国建立什么天主教，但实际上都是一种大间谍，到处是"阴谋"诡计。但它蒙蔽不了人民雪亮的眼睛，终于把他们揭发、打倒。
>
> 《勇敢的人们》这一影片，它从头至尾都给了人民一种印象，苏联人民的勇敢、坚毅、智慧、乐观，他们在最艰苦的年月里，（始）终是那样愉快，而且勇敢、智慧、巧妙地战胜敌人，拯救自己的人民。

大战间隙，我和摄影组的战友们为了全面提升摄影技术水平，经常练习摄影，当然也包括暗房操作。

"双胞胎兄弟"，照片中两人均为本书作者（拍摄于 1952 年夏）

　　上面照片中，我一个人在同一块黑布搭成的背景下，做了两个不同的姿势，拍摄了两张照片。

　　当时，我正在练习暗房操作曝光技术，在同一张底片上曝光两次，于是一个人就在同一张底片上留下了两个不同的姿势。我先曝光一边弯着腰的我，然后再曝光另一边坐着的我。从照片效果上看，就像是一对双胞胎兄弟。

带枪执行采访任务

　　抗美援朝战争是立体战争，很难分出前方和后方，因为敌人有强大的空军，战争前期基本掌握了制空权。所以，敌人的飞机非常猖狂，而我志愿军部队在赴朝后很长时间没有制空权。敌人在空中有侦察机，地面还有小股武装部队和特务，对我们造成了很大的威胁。

85 毫米加农炮发射（拍摄于 1952 年夏）

　　1952 年 3 月的一天，上级派我执行采访拍摄任务。拍摄地点离我们的驻地很远，有十几公里的路程，还要翻过一个大山。山中道路狭窄，弯弯曲曲，森林茂密，杂草丛生，人迹罕至。

　　我挎着摄影包，掏出手枪，将子弹推上膛，做好了随时战斗的准备。因为那个时候经常有特务出没，他们躲在暗处，伺机向我志愿军打黑枪。一个人执行任务相当危险，我心里有点打鼓。

　　快走到一个路口拐弯处的时候，我估计可能有敌人埋伏在那里，于是便蹲下身，朝那里以鸣枪试探，进行武力侦察，确认没有情况后，再继续往前走。就这样走过了几个拐弯处，一路还算顺利，什么事儿也没遇上。

　　我在 3 月 6 日的日记"一个大山"中，对这次独立执行任务有过具体描述：

　　　　做了两天的准备，今天吃了早饭后要去一九九师收集战地练兵的材料。今天因为没有人往一九九师去，只好我一个人去了。据说到一九九师要翻一个大山——上下30里，这个山的上下处，除了深沟就是森林和积雪，里面没有人家。更严重的是，这个深山沟里还不断闹特务。除了以上这些情况外，同志们还特别要我注意——下坡时是非常陡的，摔死人和牲口的地方就是那里……

背起了我的小背包，大踏步地往前去了。根据同志们说给我的路线和自己的估计，走到了文工团驻的地方，往右拐了。可是不对！随即，找到了通讯连的地方问了一下，还有一个同志特意领着我找到了通往大沟里去的道，就走了。这回没有错，直冲大沟里去了。快到山根底下，遇见了一个同志，他往右侧山上电话室去。

这位同志又指点给我往一九九师去的道，最后他很严肃地说："你没有带枪吧？"因为我带的一支小手枪在衣服的里面，他没有看见。

我摸了一下腰说："我带着一个小手枪哩！"

他才放下心来说："走在深山沟里得注意！"

本书作者手持冲锋枪，目光坚定（战友拍摄于1952年春）

我接受了他中肯的提示，就往前走了。走了几步，从腰里掏出了小手枪，顶上子弹。

爬呀爬，隔着一件衬衣、一件绒衣都因出汗而湿透了。（途）中因（口）太渴，我趴（在）小溪（边）喝了几口冰凉的水，就急忙往前走了。大概走了将近20里路，到了山顶了，往下一看，下坡陡得几乎是90°。我掰一根树枝当拐杖，往下走。

这个山坡是没有走过很多人的，只有我们部队的通讯人员来往走过。因为积雪太深，每个脚（踩下）都陷下去二三尺深。拐弯很多，穿过很多的树林，在离下边还有两三里路的山坡上，找到了一九九师宣传科。待了半个钟头左右，就开下午饭。他们吃的是高粱米，因爬（山）饿过（劲儿），我还是吃了两碗。晚上和田科长谈了一下这次要搜集的材料和关于如何开展（工作）的问题，就睡觉了。

我在一位干事的陪同下，采访了战斗部队的英雄人物。被采访的战士正在站岗，班长把他换下来，让他接受我们的采访。采访结束后，班长对我们说："你们端着他的冲锋枪留个影吧！"

于是，我便留下了上面这张照片。

与李水清副军长的三段缘分

在朝鲜时，李水清[①]是六十七军副军长（曾暂兼一九九师师长）。那时候，李水清副军长就已经威名远扬，他也是一位年轻的老红军，曾担任开国大典受阅步兵师方队师长。

能在李副军长的六十七军工作，我感到特别荣幸，我很崇拜他，要是能见到他就好了。他经常在一九九师，而我经常在军部，不容易见到李水清副军长的面。

期盼的这一天终于到来了，这是我在朝鲜期间唯一一次见到李水清副军长，也是我与李副军长的第一段缘分。

那是 1952 年 3 月的一天，我去一九九师执行拍照任务。一九九师有一位宣传干事陪着我，我们正在坑道里研究拍照的工作计划。

这时，通信员跑过来说："你们准备一下，一会儿军首长来这里查看地形。"

我马上问："是哪位军首长？"

通信员回答："是李水清副军长。"

---

① 李水清，1917 年 11 月出生，江西吉水人，1930 年参加中国工农红军，两年后加入中国共产党。参加过创建中央根据地的战斗、长征、抗日战争、解放战争和抗美援朝战争，1955 年被授予少将军衔。1951 年，任志愿军第六十七军副军长。1954 年起任军长，济南军区副司令员，第一机械工业部部长，1975 年任南京军区副司令员，1977 年任第二炮兵司令员。2007 年 8 月 31 日病逝于北京。

我听到后，心里好激动，终于有机会见到李副军长了！

不一会儿，坑道里进来了好几位，有李水清副军长，有参谋，有处长，还有警卫员。宣传干事立刻起身，敬礼。我也跟着起身，敬礼。李副军长看了看我们，点了点头，没说什么话。

站在他身后的参谋向我们介绍说："这是李水清副军长，到这里来勘察地形。看到这里有个坑道口，就进来看看你们。"

我们说："非常感谢军首长！"

李水清副军长给我的第一次印象是，个子不高，面色稍黑，两眼大大的，炯炯有神，有着军人特有的威严。

我与李水清的第二段缘分是在7年后的1959年初春，那时他已经是六十七军军长、开国少将了。他响应毛主席"军队干部下连当兵"的号召，于1959年2月到二〇〇师五九九团四连，这是他第二次下连当兵。

这段时期，我在六十七军二〇〇师政治部宣传科任文化干事，我的任命书上赫然印着"李水清军长"的签章。那时候，虽然我已经不担任摄影工作，但李军长的到来，让我客串了一次跟随军长的摄影记者。

李水清军长（前）和战士一起种菜（拍摄于1959年3月，曾刊登于当年7月上半月出版的《解放军画报》）

　　李军长下连当兵将近一个月的时间里，他以普通士兵的身份，与战士同吃、同住、同劳动、同操作、同娱乐。他穿着列兵军衔的战士棉服，只带了保卫处长（也穿着战士服）。为了打消战士的顾虑，与战士们打成一片，他把自己的名字改为"李清"，让战士们就叫他"老兵""老李"。连长以上的军官才知道他的真实身份，其他战士只知道他是下连当兵的首长，却不知道他是军长。

　　有一次，李军长和战士们一起抱着钻机打坑道。钻机"突突突"转个不停，李军长一个不小心，擦破了右手食指，还流了不少血。他竟然没有发现，后来虽然发现了也根本顾不上找医生，只找了一小块纱布包上，止住了血。就这样，伤口渐渐好了，但食指留下了疤痕，也留下了难忘的纪念。

李水清军长在缝补军衣，被钻机擦破的右手食指包着白色纱布（拍摄于 1959 年 3 月）

　　李水清军长缝补军衣的这两张照片，是我在同一时间、同一地点拍摄的，前后只相差几秒钟。我在拍摄这两张照片的过程中，李军长一直专心地缝补军衣，丝毫没有注意到我。

　　左侧这幅照片由于李军长的右手正在拉线过程中，画面右手部位有些虚化；右侧这幅正好抓住了李军长继续向上拉线停留的刹那间按下了快门。从整体效果看，右侧这幅照片显然更好，我当时选择了上交右边这幅照片。

　　左侧这幅照片是我保存的底片扫描的，右侧这幅照片发表在《解放军文艺》1959 年某月刊上，在该期通讯《李水清将军第二次下连队当兵》中附了这张照片，解放军出版社 2009 年出版的《从红小鬼到火箭兵司令：李水清将军回忆录》一书中也采用了这幅照片。右侧的照片目前我无法找到它的原图，只能退而求其次，将《从红小鬼到火箭兵司令：李水清将军回忆录》中的图片扫描下来，显然没有原始照片清晰。

李水清军长在喂羊，神情专注，右手受伤食指纱布清晰可见（拍摄于 1959 年 3 月）

　　我与李水清老军长的第三段缘分是在 20 世纪的 90 年代。

　　这个时候，我和六十七军的老战友们取得了联系，于是我们在北京的战友们约好，每年的大年初一上午 10 点到李水清老军长家拜年，看望我们的老首长。

本书作者（左）1995 年春节当天与老军长李水清在一起 ①

新中国成立五十周年六十七军老战士座谈会合影，前排右起第七位是李水清老军长，前排右一是本书作者（拍摄于 1999 年 9 月 12 日）②

　　李水清老军长于 2007 年 8 月 31 日在北京病逝，为他波澜壮阔的 90 岁人生画上了一个圆满句号。

―――――――――――

① 根据志愿军六十七军老战士曹家麟提供的视频截图。
② 照片由志愿军六十七军老战士曹家麟提供。

敌人飞机往下俯冲扫射的时候，一般有一个 45° 的角，不是垂直从上到下扫射。所以，敌机往这边俯冲的时候，我就往它相反的方向跑过去，紧紧靠着战壕。虽然距离很近，但利用这个角度，敌机机枪是打不到我的。

这样来来回回好几次，我就像是在跟敌机捉迷藏，它拿我一点办法也没有。敌机转了几个圈，胡乱扫了几梭子子弹，没扔炸弹，就飞走了。

战火蹂躏下的朝鲜河山

到了 1952 年夏天，战火已经在朝鲜的大地上燃烧了两年。在美军飞机、大炮的狂轰滥炸下，朝鲜的美丽山河早已破败不堪，人民流离失所。

关于朝鲜被炸的惨状，我在 1952 年 4 月 25 日的日记中有过记载：

昨天由城坪出发到三坊里。这个地方有四面高山、青松和破烂不堪的几个洋房。围绕着房子是河沟，另外还有些电（线）杆和发电机的痕迹。看来这里是美国飞机炸毁的，因为房子的屋顶和周围都有炸弹坑，房子的墙上满是子弹射击过的洞。我们没有来到这里以前，就有同志给我们介绍过这里的情形，特别介绍了这里一个最好的地方和这里面的一个好东西。所以我们刚到这里，放下来（行装），马不停蹄地（每）一个人拿着个碗，就跟着给我们介绍（情况）的李书堂同志跑出去了。

　　出门去约有300米的样子，下一个山坡，看见了一个似亭子非亭子的一个小木房。到里面以后，每个人都接了一碗"药水"喝起来了。的确，名不虚传，除了没有甜味外，其它全像汽水那样。我们很奇怪，就问那位朝鲜联络员石同志。他看了一下牌子上的朝鲜字，才知道原来这地方曾是一个很有名气而且很繁华的地方，据说这个三坊里，在日本统治时代是一个牧场，还有交易地，商人不断。"八一五"解放后，这里成了朝鲜人民的疗养院，住过人民政府和人民军的伤病员。据说就那个出"药水"的地方，还曾经遭过（地）震呢。

　　可是从美帝发动朝鲜战争以来，对这个毫无军事目标的地方进行了多次轰炸和扫射，把原来非常漂亮的房子和美丽的风景变成了一片瓦砾和荒山。路上尽是破石和碎瓦，房子里尽是碎玻璃和坏门，（景）象实在凄惨！

饱受战火的朝鲜河山（拍摄于1952年夏）

我在1952年5月7日的日记中记下了当地一个火车站的悲惨情况：

> 下午吃过饭，和保卫干事叶和林同志出去散步，围绕着三坊里
> 看了一下。三坊里过去是一个很繁华的地方，有劳动人民的静养所
> 和车站、学校，有河流，有山脉，有桥梁。当我们走到原来的火车
> 站台时，那里已成了一片瓦砾，铁轨两旁尽是炸弹坑、倒塌的电
> （线）杆子和房子。再往东走一个山洞，火车由一个山洞钻到了另
> 一个山洞，就这个从外面看上去像一个大黑门的山洞成了美国飞机
> 轰炸（的）目标。往上看去，（到处是）大的、小的、深的、浅的、
> 黑一块、焦一片的炸弹坑和汽油桶燃烧（的）痕迹。

朝鲜大地尽管硝烟滚滚，但是在我眼中它的风光依旧秀丽迷人，我在日
记中有过多次记载。其中1952年3月1日的日记"朝鲜的春天"中，我是这
样写的：

> 严冬已去，天气暖和了。随着这温暖的阳光，积了一冬的深厚
> 的冰雪开始在阳光的照耀下融化了。只能走下一个人的两边堆着大
> 雪的小路沟里流下了雪水，经过来往的人一踏，泥泞溅满了小路两
> 旁的白雪。从远处看着好像一条长蛇弯弯曲曲地盘在漫雪地里。山
> 坡上的松树黑紫的树叶也发了青，人们随着自然的改变而察觉到，
> 这是春天的征兆，预想到了春天（到来）后的心情。

我在1952年4月1日的日记"四月里的大雪"中，描写了一段冰雪融化
的场景：

> 一冬的大雪差不多在最近几天已融化完了，可是昨天晚上忽然
> 又来了一场棉花似的大雪，（铺）满了土地，树枝上也落了厚厚的
> 一层。早起看来景色很好看，好像严冬似的。但不论如何，虽然朝
> 鲜的气候是忽冷忽热的，可是这一场大雪在四月的阳光照射下还不
> 到一天的时间，就又给它化尽了。春天到了，深厚的冰雪要在这温

暖的阳光下变为泥土的掺和者，再也看不到了。春天到了，刺骨的
北风也被这南来的温柔的春风所吞没。一切都在变着，山上的草芽
露出头来，迎接这美丽的春天。

朝鲜美丽的田园风光（拍摄于 1952 年夏）

朝鲜的"凯旋门"（拍摄于 1952 年夏）

节约口粮救济驻地朝鲜村民

抗美援朝战争期间，朝鲜人民过着苦难的生活，他们吃不饱，穿不暖。为了救济驻地朝鲜村民，志愿军领导要求驻地不许饿死一个朝鲜人，每人每天要节约一两粮食，支援当地老百姓。军政治部还专门发了个救济朝鲜人民的指示。我们口号是，宁愿自己少吃一点也要救济朝鲜百姓。

关于救济驻地朝鲜人民的情况，我在 1952 年 4 月 9 日的日记中有详细的记载：

> 据前几天政治部"关于每人每天节约一两到一两半米救济朝鲜人民的指示"上统计，就我们驻地的一个村即有 75% 以上的目前还没有饭吃的大人孩子。目前没有吃的主要原因是：自从美、李匪军统治以后，损失了自己很多的东西，这是主要的；其次是，他们的地数量也不多，而且还不集中，很分散，劳力不足，大部分青壮年参加了人民军和其（他）革命工作，收（获粮食）的数目不大，再加上他们自动支援人民军，所以现在粮食接济不上。

> 朝鲜人民的痛苦就是我们的痛苦，朝鲜的幸福也是我们的幸福！我们是人民的军队，中国人民志愿军。为了保卫我们解放了新生的祖国和解放朝鲜兄弟，因而能够吃苦，克服困难，在必要的时候献出我们的生命。难道我们能看着朝鲜人民因一时的困难而让他们饿死吗？不能！上级的这个关于节约救济朝鲜灾民的决定是英明的，必要的，那么就要无条件地来执行这个决议。愿朝鲜人民渡过灾荒，走上丰收的秋天。

除了在口粮上救济村民，志愿军指战员还帮助朝鲜人民清理河道、农耕、秋收等。

志愿军指战员帮助朝鲜人民清理河道（拍摄于 1952 年夏）

在炮火中开山筑路

　　朝鲜的公路在洪水和炸弹的双重打击下，损毁严重，直接影响了战场上兵员、粮食及物资的运输。在这种情况下，上级决定：

　　全军一起大修公路，除一线部队外，不管是机关也好，部队也好，勤杂人员也好，都要上。具体方法是统一布置，合理分工。每个军、每个师、每个团明确包一段，限期完成。要普遍加宽公路，修几条标准公路，有战略价值。顿时，志愿军二线部队 11 个军、9 个工兵团、3 个工程大队数十万指战员，在上百万朝鲜老百姓和 20 万人民军的协助下，掀起了规模惊人的抢修公路热潮。仅仅 25 天，不但修复了被洪水冲烂的全部原有公路，还新开辟了许多迂回公路，使北朝鲜公路联成密集的网络。[①]

① 引自胡海波所著《志愿军全战事》，长城出版社 2010 年 4 月出版。

筑路部队在工地上写下豪言壮语——筑路是战斗，向石头开火！（拍摄于 1952 年夏）

关于开山筑路的意义，我在 1952 年 4 月 26 日的日记"双重任务　于三坊里"中这样写道：

奉志司①、兵团命令我们要修通药水铺②到洗浦里③的公路，全长 26700 多公尺，宽 7 公尺桥梁，全长 180 公尺。这条公路除有一部分原来经友军开过路基外，大部（分）工程都要在这次任务中完成。任务是艰巨的，工程是伟大的，但也是光荣的。

修这条路意义是很大的，第一是对前方的供应及时，加强装备，对战术上有很大的价值；第二是在这次任务中有计划地训练一批工兵干部，使之提高作业的技术和组织能力，对一般部队来说，普遍缺乏作业能力；第三是对我们坚持在朝鲜持久作战有很大的好

①　志司，即志愿军司令部的简称。
②　朝鲜地名。
③　朝鲜地名。

处，再就是对朝鲜人民的建设（有利）。

筑路部队指战员们在热火朝天地奋战，旁边大石上刻着口号：筑路是战斗，向石头开火！
（拍摄于 1952 年夏）

我在 1952 年 4 月 27 日的日记"游山一趟　于三坊里"中，也提到了修路的情形：

吃过早饭和工兵室李主任及工程股的一些参谋同志沿着准备修公路的路基往上走。弯弯曲曲的，不知拐了多少弯，往上爬（走了）足有 15 里地的工夫，我们休息了。

朝鲜——这个多山多水多林的国家，在刚到的时候，非常新鲜，可是时间一长养成了习惯，这已不以为奇了。所以，一冬来除了每天看见道和走路踏着白茫茫的大雪外，什么也不觉得了。

今天刚一到这高山顶上，四周眺望，风景十分可观、迷人，远远的山顶和云雾接近。近处的山坡上，草芽发青，有些叫不上名字的花也已开放，一片片可以见到它的颜色。落叶松也发出了嫩青的

叶芽，下边靠近房子和公路的旁边，农民耕出了稻田。就在我们的
脚下，眼前将要修筑一条宽阔平坦的公路，工程股的同志们正在测
量水平、坡度等，在不久的将来，就要在这里出现一条整齐的公
路，对战争来说，是胜利必不可缺少的交通要道。

　　另外，这条路将永远留在朝鲜的国土上，朝鲜人民世世代代走
在这条路上都会记得："这条道路是当年中国人民志愿军修的。他们
修这条路的时候，不但出了汗，而且还流了血，这是中朝人民血肉
不可分离关系的凝结。"

筑路部队战士们用最原始的方式搬运大石（拍摄于 1952 年夏）

筑路部队战士在陡峭的岩壁上作业（拍摄于 1952 年夏）

修筑道路在抗美援朝前线是很危险的。1952 年 5 月 1 日，我随工兵室的同志到修路的工段采访。我在当天的日记中这样写道：

> 今天的"五一"节是这样过的，吃了午饭和李科长去修路的工段上。刚到路边，忽听到飞机的响声，两架美国的野马式飞机①从头顶上飞过，侦察、俯冲、扫射，我们赶紧卧倒。（敌机）刚过去就听见我们的高射炮响了，打在空中。在飞机的附近冒出了不少白烟，好像空中的花朵。我们正愉快地看着，"嗖……啪……"，我觉着从背后来了个什么东西，把地上那块石头打得粉碎，冒了一股烟。我惊了一下往前去看，是一个高射炮弹头。好危险！他们都为我出了一头汗，要再落近两步，你不（仅要）受伤，命也危险了！

① P-51 野马战斗机 (P-51 Mustang fighter)，美国北美航空公司研制的单座单发平直翼活塞式战斗机。1941 年 10 月 26 日原型机首飞，1942 年开始服役，是第二次世界大战期间性能最全面、最优秀的活塞式战斗机。

　　的确，在朝鲜战场上，哪是保险地呢？根本就没有。因为这是战场，随时都有流血和牺牲的可能。这在一个志愿军的战士看来根本没有当成一回事，因为我们都是在战斗的环境里成长大的，在战斗中锻炼出来的，现在还正在这激烈的战争熔炉里锻炼。

志愿军开山筑路优胜班（拍摄于1952年夏）

开展筑路竞赛，照片中的口号是"我是人民工兵，要把道路修通，开展筑路竞赛，人人争取立功"（拍摄于1952年夏）

在跟踪采访筑路志愿军战士的时候，我为他们那种朴实无华的感情所感动。我在 1952 年 5 月 5 日的日记"真挚的感情　于三坊里"中，记下了我采访时的真实感受：

> 自从参加筑路工作以来，这几天都是在工段上和战士们在一起。初步感到下边的干部战士的感情是淳朴、认真和真挚的。他们是那样的谦虚而且诚恳，使我受到很大感动和教育。例如今天到二中队四连拍照时，政指①、连长回来后，很客气地向我说："你辛苦啦，赶快休息吧！"我有什么辛苦呢？战士们一天天在那岩石上、泥土中劳动，一把汗一把汗地劳动，而我只是在做自己应做的工作，难道我比他们辛苦吗？当时我很（感动），对我来说，这是很大的教育，我应该向他们学习。

夜间抬运木料，抢修公路便桥（与战友李学增合作拍摄于 1952 年夏）

---

① 政指，即政治指导员的简称。

筑路部队在抢修公路便桥（拍摄于 1952 年夏）

下面照片中，从战士们阅览公布栏的侧面和背面，能够感觉出他们对竞赛成果是多么地关心。

战士们在看工程成绩公布栏（拍摄于 1952 年夏）

本书作者（左侧站立者）与战友在"一九九师铺修工事竣工纪念碑"前合影，前排蹲者为六十七军摄影组战友范梦绵，右侧站立者是一九九师摄影记者唐洪（照片拍摄于 1952 年夏）

照片中的唐洪在六十七军一九九师主要做美术工作，摄影工作只是他的兼职。他经常来六十七军摄影组送摄影和美术作品，我们比较熟悉，经常互相开玩笑。

唐洪是北京人，中等个头，不胖不瘦，浓眉大眼，炯炯有神，帅气十足，头发比较长，有艺术家的气质。他上过高中，学过美术，但是家境并不富裕，是全家人省吃俭用供他上的学。我曾去过他家，见过他的父亲。他父亲瘦瘦的，经常喝茉莉花茶末（茶末比茶叶便宜）。

志愿军第六十七军第一九九师铺修工事竣工纪念碑（拍摄于 1952 年夏）

经历危险时刻

1952 年的一天，上级派我们政治部十来个人到前线去执行任务。

在去前线的路上，有一条干涸的河道，有百十米宽，是志愿军人员往返必须要经过的地方。

敌人发现了这条河道是我们的必经之路，就在附近几百米远的地方增设了火炮阵地。炮兵瞄准这个地方，每隔几分钟就打几发炮弹，建立起一道炮火封锁线。炮弹落在我们的必经之路上，有时候落在中间，有时候落在两边。

我们逐渐地掌握了敌人炮击的规律，两次炮击间隔十分钟左右。当敌人炮击的时候，我们就在岸边埋伏下来。炮一停，领队大喊一声："跑！"大家就一下子飞奔出去。

我跟着领队，第二个冲了出去，跑到了对岸比较安全的地方。其中有两个战友胆儿小，犹豫了一下。他们心想，要跑到中间，炮弹飞过来了怎么办？

这一犹豫几分钟就过去了。

看着其他战友都跑过去了，后边的两个人也不好意思落下。结果，他俩刚刚跑到对岸附近，正赶上炮弹爆炸。

一位牺牲了，另一位受了重伤。

在战场上，时间就是生命，犹豫不决，越怕死越容易死。

还有一次也是过封锁线，敌人不是用炮，而是用重机枪封锁。

这条路也是我们志愿军的必经之路，道路两边是高山，中间是公路。敌人的重机枪早就在附近的坡上埋伏好了，距离公路二三百米远，一看见有人经过就扫射。

敌人机枪在两次扫射的中间，也有个间歇时间。只要看见人，它就扫射。看不到人，不打。这种情况比前一种更加危险。

当时，我们几个人到前线去，要路过那里。白天我们不敢从那儿过，下午已经到达公路附近了，等了两个多小时。

天快黑的时候，我们准备通过敌人重机枪封锁线。为了安全通过敌人的封锁线，我们埋伏在离山坡最近的地方。这个角度，敌人机枪扫射不到。敌人的机枪扫射刚刚停下来，我们就开始匍匐前进。山头是个小土坡，当我们估计敌人机枪能够打到那儿的时候，就不再匍匐前进了，而是打着滚儿，快速翻身，过了那个小土坡，进入安全地带。

这二三十米的距离，也是最危险的距离，一旦冲过去就安全了。在没有掌握这个规律之前，前面通过的我志愿军战士，有受伤的，也有牺牲的。正因为我们掌握了敌人扫射的规律，所以我们这个队里没有一个伤亡。

炮弹声里我从容

我们对敌斗争的经验都是在实战中积累起来的。

在两军对峙阶段以前，志愿军的炮兵往敌方打炮，敌人的炮火往我方这边打，阻止我们部队前进，双方日夜不断地互相炮击。到了晚上，敌人的炮火弱一点，因此我们只能在夜间行动，但是由于天黑无法判断敌人炮弹飞行的方向。时间一长，我们就从炮弹飞行的声音里，找到了一些规律。

指挥员在原木床上布置战斗任务（拍摄于 1952 年夏）

　　炮弹在空中飞行时声音是"嗖……嗖……"的，这个时候没经验的就趴下了。实际上，这样的炮弹声音没什么危险，这时候炮弹还在空中飞，一般不会马上爆炸。敌人不管怎么打炮，它都得是在移动过程中完成的，它有一个近似抛物线的运行轨迹。

战斗间隙，战士们不忘给骡马洗个澡（拍摄于 1952 年夏）

　　这个时候，你只管唱着歌儿，大踏步地走，都没事儿。当炮弹离你比较近的时候，炮弹的声音就不是这样的了。

　　当炮弹声音变成"刺溜……刺溜……"的时候，那就危险了。这时候，你得赶紧趴下，因为几秒钟炮弹就爆炸了。

　　开始我们听着炮弹在头顶上飞，心里也在打鼓："万一掉下来怎么办？"

　　时间长了，每天都这样，我们都习以为常了。当炮弹"嗖……嗖……"响的时候，我们该怎么走就怎么走。炮弹在空中飞它的，我们在地上走我们的。可是，一旦听到"促溜……促溜……"响的时候，我们都会迅速趴下。只要炮弹没有落到身上，一般不会有多大危险。

高射炮兵阵地

　　1952 年 7 月 9 日，我奉命到炮兵连采访，亲眼所见高射炮兵阵地生活，我在当天的日记里这样写道：

　　　　在朝鲜的土地上，除了一般的兵种之外，还有这批打得美国空中强盗没有办法的高射炮兵，他们生活得那样紧张而愉快！

　　　　在没有敌机声音的时候，炮手们就在炮的附近 100 米左右活动，听见指挥员发出的"警报"时，战士们都跳上自己的炮位。炮身随着飞机的方向转动，如果它往下俯冲，那么一声"放！"，（炮弹）像箭头似的，从四处飞向空中，在飞机的身边爆炸。如果有一个（炮弹）碰着飞机，它的命运就完了，所以它是不敢低飞的。

37 毫米高射炮炮手在压炮弹（拍摄于 1952 年）

　　早起（结束）了一次很突然的战斗。战士们在炮（位）上还没有听到声音，敌机已俯冲（下）来，炮手们急忙射击，"咚！咚！……"炮弹（飞）上（空中），敌机狼狈逃走了。

　　中午又（结束）了一次有趣的战斗。大家刚睡午觉，四架敌机到了头顶上。二排长光着脚丫子，跑到炮上射击一阵，炮膛里没有弹了，再压（炮弹）也来不及了，可是飞机也跑了。这时，所有的炮手们都出来了，听他这一说，逗得大家都笑了。副班长说，他刚到厕所①就听见声音，往外跑，也没有来不及。有的说，刚闭上眼，听见响就往外跑。

　　敌机现在就是这样，它不敢大胆地往下俯冲了，偷袭投几个（炸）弹就跑，真是没有种的家伙，真和偷一样。

高炮阵地（拍摄于 1952 年夏）

---

① 前线厕所一般是在战壕里挖的大深坑。在 S 形状的战壕里，离坑道口一二十米远有一个拐弯处。在这个拐弯处，再往外挖几米远的战壕，然后往下挖个深坑，可以蹲人。粪便到一定高度，就埋上一层土，这样一层一层往上埋土。前线很少有女同志，有时文工团的演员来了，他们中女同志要上厕所，就两个人同时去，一个在拐弯处守着，示意男同志止步，另一个上厕所。

与敌机"捉迷藏"

1952年的9月，祖国派出第二届赴朝慰问团①，从国内到达朝鲜，慰问前线的志愿军将士们。

慰问团送给了我一块真丝方巾，我一直用它包裹着我的战地日记本，现在已经不平展了。2018年，我拍摄了这件慰问品。左侧照片是保存了60多年的丝巾原样，右图是经过清洗、平展处理后的丝巾。丝巾上，四只和平鸽嘴里衔着"保卫祖国！保卫和平！"的标语，四周印着"献给我们最可爱的人——中国人民志愿

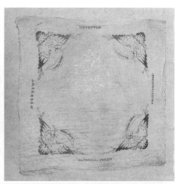

山西省长治专区赠送给志愿军的慰问纪念品——真丝方丝巾
（本书作者保存至今）

军""中朝人民牢不可破的友谊万岁！""山西省长治专区献""礼品山西高平丝绢"等字样。

慰问团由国内各界著名的代表人物组成，有不少文艺界的名人。慰问团中有一名摄影记者给我印象深刻。他叫齐克，比我大几岁，面目清秀，说话语速稍慢，条理清晰，一看就是个知识分子。据说，他当时是武汉《长江日报》的记者，是新华社调去的。

我当时在军部，离前沿比较远。为了欢迎祖国慰问团，我们六十七军政治部文工团为他们演出了几个节目，在离军部不远的山洞礼堂里。我们的山洞礼堂仅能容纳百十号人，有一个小舞台，不过在朝鲜前线算是不小了。

那天晚上，大家去看了演出，齐克边看边拍照。但是，由于在山洞里，灯光昏暗，齐克没有带闪光灯，拍照效果很不理想。

---

① 第二届赴朝慰问团1097人，团长刘景范，副团长陈沂、胡厥文、李明灏、周钦岳。慰问期间，文工团和电影队为中朝部队和朝鲜人民演出和放映电影将近3000场，还带来了6000多吨慰问品。11月下旬，慰问团成员陆续离朝回国。

作为摄影记者，齐克没圆满地完成拍照任务，他对自己非常不满意。演出结束后，他跟我说："能不能白天在外边演出节目？这样我拍照的效果会好一点。"

我说："没有特殊情况，白天是不能随意出去的，因为敌机不断地在这里盘旋轰炸，或者机枪扫射，也说不定什么时候来。这样吧，我先跟文工团团长说一说，看看行不行？"

我跟文工团长一说，没有想到还真同意了。团长说："这是个特殊情况，看看明天白天什么时间合适，让演员在洞里先化好妆，做好准备。在没有敌机的情况下，抓紧时间演节目。敌机来了，再赶紧跑到山洞里去！"

第二天上午9点多钟，文工团演员们在山洞里化好了妆，做好了演出准备。我们在洞口观察，等待时机。

因为祖国慰问团是代表祖国人民到朝鲜前线来的，我们要保证他们的安全。当时政治部文化处给我的任务就是，保护摄影记者齐克的安全，让我一直陪着他。

在确认安全的情况下，演员们走出洞口，演出开始。第一个节目拍摄完了，就在第二个节目刚刚开始时，我们听到有敌机的声音从远处传来，文工团演员们有组织地迅速撤回山洞。

因为怕摄影器材受损，我们要先整理摄影器材。时间一分一秒地过去，这时敌机已经飞过来了，但是没有扔炸弹。我看这时候已经来不及进山洞了，于是便和齐克躲在战壕里。

待了几分钟，我觉得不安全。战壕是S形的，不是笔直的。在战壕里走动，要猫着腰，一站起身来，头就露出来，就会被敌机发现。

战壕每几十米就有个掩体，上面有一米多高的泥土，能躲两三个人。为了保护齐克，我让他赶紧钻到掩体里去，我在外边面观察敌机的动向。

不一会儿，敌机就向我这个方向冲了过来。在朝鲜的这些日子里，我积累了一些躲避敌机的经验。敌人飞机往下俯冲扫射的时候，一般有一个45°的角，不是垂直从上到下扫射。所以，敌机往这边俯冲的时候，我就往它相反的方向跑过去，紧紧靠着战壕。虽然距离很近，但利用这个角度，敌机机枪是打不到我的。

这样来来回回好几次，我就像是在跟敌机捉迷藏，它拿我一点办法也没有。敌机转了几个圈，胡乱扫了几梭子子弹，没扔炸弹，就飞走了。

我把敌机引开，齐克安全了。我知道，敌人的机枪是打不透那个一米多深的掩体的，但是如果扔炸弹的话，一旦扔到掩体上，那可就十分危险了。

我赶快跑到掩体里，查看齐克的情况。他是第一次经历这事儿，只见他紧张地蹲在里面，一动不动。

我赶紧安慰道："老齐，老齐，没事了，我们回洞里去吧！"

我把齐克的摄影包抱起来，将他带回到了安全的地方。

进入山洞后，齐克不解地问我："你怎么不躲在洞里？跑来跑去多危险啊！"于是，我就把刚才与敌机捉迷藏的情况解释给他。

他说："你真行！这么大胆！"

和敌机捉迷藏，对我来说已经不是第一次了。我知道敌机是冲着我来的，但是它就是打不到我，我也不知道害怕。

后来回忆起此事，我还觉得有点好笑呢，因为我在和敌人"逗你玩儿"。

冷枪冷炮打活靶

1952 年 9 月 20 日，我们六十七军奉命接替金城前线的第十二军。为增强防御力量，我们在友军已有坑道工事基础上修筑了坑道、交通壕、掩蔽部、掩体、储水池等，形成了以坑道为骨干、与野战工事相结合的完整防御体系。

挖山洞的时候，我们从北边往南挖，敌人从南边往北挖。山那么大，说不定在哪儿就挖通了。经常是敌我双方隔得很近，我们甚至能听见敌人的说话声。挖山洞的时候外边有战壕，战壕都是 S 形的。

为大量杀伤、消耗敌人，将敌我斗争焦点逐渐推向敌方，1953 年初六十七军大力开展了冷枪冷炮（阵地狙击）活动。各单位还制定了冷枪杀敌的立功标准，掀起了冷枪杀敌竞赛。在开展冷枪冷炮活动中，指战员创造了许多歼敌的新方法。在新的狙击射击法推广实施后，全军共歼敌 3120 人，同时锻炼出了一大批优秀射手。①

我们的神枪手固定在一个地方，敌人一露头，就给他一枪。冷枪冷炮运动亦称"冷枪冷炮打活靶"运动，其口号是"让敌人低下头来"。

战士在操作无后坐力炮（拍摄于 1952 年夏）

远的地方打冷炮，近的地方打冷枪。当然，敌人也会用同样的方法打我们。从一个坑道到另一个坑道，都要从 S 形战壕跑过去。战壕不是很深，一般人都得弯着腰跑。我个子比较高，更得弯着腰，低着头跑。不低着头，露半个脑袋，就有可能被敌人的冷枪打中，我经常在战壕里来回穿梭。

我曾看到我们一个战士埋伏在战壕里，瞄准了敌人的目标，等待时机，"乓"的一声，向敌人打了一冷枪。

我跑过去，问他："打着了吗？"

他说："打着了！但不一定打着脑袋，有可能是把帽子打飞了！"

①　引自张明金、刘立勤主编的《中国人民志愿军历史上的 27 个军》，解放军出版社 2014 年 1 月第 1 版。

1952 年冬天，我奉命回国采购摄影器材。和我同行的还有文工团的两位同志，他们的任务是回国采购乐器。我们乘坐军用大卡车，途经朝鲜首都平壤，到新义州，在这里进入祖国境内。这次，短暂的回国，令我终生难忘。

回国"奢侈"了一把

1952 年冬的一天，文化处（文工团和我们摄影组都隶属文化处）决定让我随文工团的两位同志一起回国采购。我负责购买摄影器材，文工团的同志负责购买乐器，主要是西洋乐器，如小提琴、铜管号等。

回国前，战友们都想让我带东西。有的给我十块钱，有的给我八块，也有给五六块的，要捎这捎那。因为我们没有那么多时间，大家说："干脆就统一买点吃的吧。既然到北京了，就买几斤天福号的酱肘子吧。"后来，我们从北京买了五六斤肘子，带到朝鲜。大家你一块，我一块，津津有味地啃着肘子，那叫一个香!

我们乘坐军用大卡车（上面加个帆布棚子）回国，从前线到新义州，需要经过平壤。前线离平壤有好几百公里，我们在大卡车上坐了好几天。

从 1950 年到 1953 年的三年时间里，美军轰炸机在平壤上空投下了 42.8
万颗炸弹。当时的平壤仅有 40 万人，平均每个人承受着一颗以上炸弹的袭击。
古老的平壤城几乎被夷为平地，大多数古迹遭遇毁灭性的破坏。

平壤的大街上没有什么人，被敌人轰炸得没有一座好房子，残垣断壁，
真是都炸平了。

纺织厂里的女工，努力生产，工厂即战场（拍摄于 1952 年秋，这张照片曾刊
登于《解放军画报》的 1953 年 3 月刊，署名"雁兵"）

我们从新义州进入国境，终于踏上了阔别一年多的祖国土地。到了安东，
这里有一个志愿军的供给部，我们将卡车放在供给部，然后坐火车前往天津、
北京。

我和文工团的一位同志到天津后，因为从来没穿过毛衣，老穿着军装、
棉裤、棉袄，戴着棉帽子，都想买毛衣。这一天，我们到了天津劝业场，这
是一家非常有名的百货商场。在劝业场里我们转来转去，找卖毛衣的地方。

我们穿着土布棉袄、棉裤、大头鞋，戴着棉帽子，一身黄色军装，在商
场里特别显眼，回头率很高。人们用异样的眼光看着我们，也许心里在想：这

两个"土八路"怎么敢到这儿来?

我俩来到卖毛衣的柜台前,我看上一件毛衣。这是一家资本家开的商场,服务员大都是旧社会过来的人,受旧社会的影响比较深,往往以"衣帽取人"。有个中年妇女,很势利眼。她走到我们跟前,看了我们一眼,没搭理我们。

我说:"同志,你把那件毛衣给我拿下来看看。"

她看了我一眼,爱答不理地说:"你要吗?"

我说:"我看一看再说。"

她一脸鄙夷,说:"你买得起吗?"

我心想,你看不起老子,老子就要买给你看!我带了50多块钱,就是准备要买件毛衣的。

"你是不是看不起我们,怕我们买不起呀?"我有点不高兴了。

这时,她觉得自己说的话太刺激人了,连忙说:"不是,不是,同志,你别着急,我给你拿一件。"

她拿下来,但还是觉得我只是看看而已。

"就这件,我买了。多少钱?"我扬了扬手说。

她说:"40块。"

我连价都没还,就买了下来。

这位售货员赔着笑脸,把毛衣包好了,递给我,说:"谢谢你!再见!"

她看不起解放军,觉得你买不起,我就要跟她赌这个气。一件纯羊毛的毛衣卖40块钱,当时确实是很贵的。

那时,我们部队的津贴费已经提高了。我是连级干部,一个

本书作者,身上穿的毛衣即为天津劝业场所买(照片拍摄于1952年冬)

月的津贴有 20 多块了。在朝鲜没地方买东西，花不了。我攒了几个月，有好几十块钱。和我一块儿去的另一位同志，没舍得买。

我们从天津回到北京，住在菜市口附近的一家小旅馆里。当时部队发的衬衫都不是翻领的，为了搭配这件毛衣，我在北京专门买了一件白色翻领衬衫。我穿着新毛衣和白衬衫斜靠在小旅馆房间里的床上，跟我一起的文工团同志帮我拍摄了上面这张照片。

战友家即我家

王恂是我的战友，我们六十七军宣传处宣传干事，营级干部。他是个知识分子，高中毕业后还上过几年大学，能写文章，是宣传处有名的"笔杆子"。他中等身材，长得很像他的父亲，圆脸庞，白白净净，大眼睛，鼻直口方。他温文尔雅，说起话来文绉绉的。他比我大几岁，参加革命比我早。我们经常在一起聊天，总是有共同的话题。他的父亲是一位大学教授。

战友王恂的家人在北海公园，前排是母亲，后排左起小妹王惕、大妹王悦、父亲（拍摄于1952 年 12 月）

王恂家住北京市南河沿一个四合院里。受王恂委托，在回国采购期间，我专程到他家看望他的父亲及家人。全家人都特别热情，请我在家里吃了饭。我们一起游览了北海公园，我特意为他们拍了照。和这家人在一起的时候，我感到非常亲切，找到了回家的感觉。

我在 12 月 7 日的日记"王恂同志的家"中，记下了战友王恂家人给我的印象，以及我与这家人游北海公园的难忘经历：

前好几天就听纪云[①]同志谈王恂母亲打电话给他，让礼拜日去他们那（儿），并说我从前（线）回（国）来的，也要让我去照相。后来又打来电话，征求我们的意见，那天愿意吃什么东西。当时给我一个好的印象。

今天我怀着一种兴奋的心情去了。到时，他们已经准备好了招待客人的东西（烟、茶），随即我们就开始了闲谈。他父亲是那样大方、热情，滔滔不绝地讲了很多问题，据纪云同志说，他是一位大学教授，在他求学的时代，自己很艰苦，曾是一面当教员，一面学习，（进）而得来了知识。这使我对这位老人无限尊敬。

王恂的大妹王悦、小妹王惕给我的印象（很深）。特别是王惕，她才是一个 14 岁的小姑娘，但个子长得比王悦还高。她和她的爸爸性格有（些）相似，热情、大方、乐观、活泼，完全是新社会儿童的特征，显得那样天真，非常可爱。11 点的时候，我们一行十个人出门去北海公园了。在走着的路上，大家要选出一个队长。有的说让大个（儿），有的说让小孩（儿），最后父亲提议让我做队长，王惕做副队长，一路上真愉快极了！我们登上了北海的白塔，看遍了北京的全景，首都美丽的风光使我们感到幸福！在那些地方，我们照了相，最有意思的是把王惕打扮成了一个志愿军，还把我的手枪挂上，给她照了个相。一直玩到下午 3 点多钟才回到他们家里，休息了一会儿就吃饭了。大家围坐（在一桌），吃着东北的"火锅

---

① 纪云，中国人民志愿军第六十七军文工团创作组作家。

子"，好像一家人一样在吃"团圆饭"。这两位老人，也像对自己的儿女一样对待我们，感情是那么真挚、融洽，我们感到温暖，真是太好了！

告别亲人，再次奔赴朝鲜前线

在与我的战友王恂家人接触的日子里，我深深感受到了这家人的热情，王恂的父母待我跟他们的儿子似的，王恂两个妹妹亦视我为兄长。在王恂家就像在我自己的家一样，我已经成为这个家庭的一分子。我在 1952 年 12 月 29 日的日记"妈妈的送别"中，记录下了终生难忘的一幕：

如果谁要问我："你的妈妈①在北京吗？"我毫不犹豫地答复："是在北京！"

前天听说我们要走了，昨天（妈妈）打电话让我们确定几点钟的车。很明显，她要送我们到车站。我没有让她说（完）就说："我们在电话里这样告别吧，妈妈！不要送我们了！"但她很坚定地说："我一定要去，和小惕一块（儿）！"好吧，我怎么能再谢绝呢！于是告诉了她下午 5 点的车走。

第二天礼拜日（周日），我们去天安门。小惕早在那里等我们了，这是昨天在电话上约好的。我们商量了一下去中山公园，在那里又和几个海军同志玩了几个钟头，我们分开，往车站去了。放下东西以后，我和小惕到了外边，找着了妈妈。她身上穿了一件还是在张家口解放②时发的日本大衣。看样子好像要出远门一样的装束，她是在送我们呢，并且早已买好了月台票。我握住了妈妈温暖的手，不知说什么好……

站门开放了，我们几个进去了。离开车时间还有 20 分钟，我

①　短暂的回国期间，战友王恂的妈妈像亲妈一样对待本书作者。

②　张家口是抗日战争时期在战略大反攻阶段八路军、新四军收复的第一个省会（察哈尔省省会）。1945 年 8 月 23 日张家口战役取得胜利，至此这座塞北重镇宣告解放。

们把东西放车内后，出来在外面和妈妈谈话。她最后让我们到前方后给她来信。我们很欢喜地说"好吧！"

电铃响了，列车员催促我们上车。我们的心痛了，连原来满带笑容（的）脸，也马上不自然起来。

"妈妈，我们再见了！"在将要上车时，再次给妈妈握了手。

"小惕，我们再见吧！"于是我握住了她的手，又一次紧紧地……握了几下手……

列车像条大蛇似的慢慢地移动了！妈妈的手、妹妹的手，一起向我们摇动！我呢，脱下了帽子，向她们举手敬礼！列车快出站了，已经看不到她们的影子了！我转脸看见史忠[①]同志正在擦眼泪呢！我没有落眼泪……抑制了我那脆弱的感情。干吗要掉眼泪呢？叫妈妈看见，不使她心里更难过吗？于是我和史忠进了车厢。

---

① 中国人民志愿军第六十七军文工团创作组作家。

第六章 继续战斗

还差三分、两分、一分、五秒⋯⋯，12点到时，我们的炮弹像雨点儿一样落到敌人阵地，我们的突击队也冲进了敌人的阵地。三颗红色的信号弹飞上了天空⋯⋯

——朝鲜战地日记

激烈的战斗

1953年，我们六十七军军部驻扎在离前方几十公里的地方，此处到处是森林。我们在山洞里已经生活好几个月了。

2月12日到3月7日这段时间，我被派到二○○师五九八团前沿执行采访任务，历时20多天。

我工作地点是前沿某坑道。这个坑道一个出口外约200米的左侧，是敌军的一个地堡，里面驻扎着一股顽固的敌人。他们经常用机枪封锁我们坑道的出口，使我们运送物资的人员遭受了不小的损失。

为了拔掉这颗"钉子"，我军多次发起攻击都没有成功，还伤亡了几十名战士。这一天，上级下达了死命令："要不惜一切代价，炸毁这个地堡！"

我和执行这次战斗任务的某连一起，进入洞口的右侧。只听连长命令："我的代理人是一排长，一排长的代理人是一班长，依次各排长、班长指定代理人。我要亲自带队端掉敌人的碉堡！如果我负重伤或牺牲，由代理人接替我继续指挥战斗，完成炸碉堡的任务！"

天色渐渐暗了下来，时钟指向 22 点的时候，连长一声令下："上！"

一排长派出一个三人小组，每个战士带着冲锋枪、手榴弹、炸药包，悄悄爬出坑道口，匍匐前进。在机枪掩护下，勇士们快步冲向敌人的碉堡，但在途中遭到敌人机枪猛烈扫射，全部中弹倒下。排长随即派出第二小组，又被敌阻断。就这样，一个组又一个组被派上去，战士们一次又一次冲出去，一个又一个战士倒下去，班长、排长倒下去，都没有成功……

这时，连长大喊一声："跟我上！"他亲自带着一个班扑向敌人的碉堡。

不幸的是，连长因为冲在最前面，而负重伤倒在途中。此时，连长已经没有了代理人。

紧要关头，突然听到连长的通信员小张高声喊道："同志们，我们的连长倒下了，大家听我指挥！现在全连就剩下我们十几个人，我们从三个方向一起冲出去！"话音未落，战士们兵分三路，勇猛地冲向敌人的碉堡。

一声声巨响过后，敌人的机枪终于哑巴了。我们虽然付出了很大的代价，但最终炸毁了敌人的碉堡，取得了胜利。

战斗结束后，通信员小张立功受奖，被上级直接提升为连长。

我在坑道口目睹了这次战斗的全过程，我真想和他们一起冲上去，但因为我的任务是拍摄，部队首长不允许我和战士们一样冲锋陷阵。我眼睁睁地看着战友们义无反顾地冲出去，却一个一个地倒下去，我的心在滴血，我的手里捏了一把汗。

我只有拿起我的武器——照相机，拍下勇士们激烈战斗的铁血形象。遗憾的是，因为天色黑暗，怕暴露目标不能打闪光灯，所以没能留下一张像样的照片。然而，我的战友们英勇无畏的战斗场面却历历在目，经常像电影一样，在我脑海里回放。

炊事班遭到轰炸

我们六十七军政治部有个炊事班，有七八个人。我虽然和炊事班的战友们直接接触的时间不多，但是经常吃他们做的饭，还是很有感情的。

　　给我印象比较深刻的是一位主管炊事班的管理员。他是东北人，个头不高，肤色较黑，稍胖，30多岁。他很乐观，爱开玩笑，一说话就笑，不笑不说话。

　　我们的这位管理员对工作非常热情，在当时非常艰苦的条件下，想方设法给我们改善伙食，尽最大努力让饭菜色香味俱佳，千方百计让同志们吃好。

　　朝鲜的山坡上长满各式各样的野生植物，哪种能吃，哪种不能吃，他都知道。他指导炊事班战士们挖野菜，然后加上一些调料，做成各种小菜。我和战友们都觉得特别好吃。

炊事班同志在洗野菜（拍摄于 1952 年夏）

　　让人没有想到的是，他居然还会酿葡萄酒，听说在国内做过。在朝鲜，没有现成的葡萄，只有山上的野葡萄。于是，他和炊事班的战友就摘了野葡萄回来试着做酒，做完了，自己先尝尝。

　　有一天，我去伙房打开水，看见他们正在喝酒。

　　我开着玩笑地说："好啊，你们竟然偷喝酒！"

　　管理员说："好吧！那你也来尝尝吧！"

　　我尝了一下，又酸又涩。原来他们正在实验做葡萄酒，还没成功呢。他们就是这样，经过一次又一次的实验，终于成功了！

　　虽然没有在国内买的葡萄酒那么正宗，但我们喝起来是那么的醇香、甜美。我们口中喝的是野葡萄酒，心里感受到的却是炊事班同志们的辛劳和情谊……

　　这位对工作极其负责的管理员还经常征求我们对伙房工作的意见，大家除了对他们的工作非常满意之外，就剩下感谢了。

　　解放战争时期，他曾经在一次战斗中负过伤，脸上留下了一块伤疤。

　　2月13日，这一天是大年三十，是我到达前沿阵地的第二天。就在我离敌人最近（连敌人的说话声都能听见）的时候，却听说后方的军政治部上午遭到了敌机的轰炸。损失惨重，损失最大的是炊事班，牺牲了好几位战友。

　　在炊事班被炸时，我们的管理员就在不远处。看到前面浓烟滚滚，他冒着生命危险，奋不顾身飞快地冲过去救人。就在这时，又·个炸弹爆炸，他受了重伤，被送到医院。

　　我们这位勇敢而热心的管理员以后的消息，我就不知道了。他要是还健在，应该有100多岁了。

炊事班同志在包饺子，面袋子上印有"八一供应粉"字样（拍摄于1952年冬）

志愿军一等功臣何相荣（我曾经采访过他），是我们六十七军二〇一师六〇二团的战斗英雄，生前曾经对同住在山东潍坊潍城区军休一所的老干部刘绍堂说起过那个惨烈而令人心痛的除夕。刘绍堂将何相荣的这段回忆写入《"奢侈"的年夜饭却难以下咽：你不知道的朝鲜战场除夕》一文中：

> 那年春节前，大部队都上了轿岩山前线，后方只剩下电话班留守在一条坑道内，东侧百十米远处便是炊事班。
>
> 除夕那天早晨，炊事班班长特地跑来告诉电话班的战友们："过年了，中午是猪肉（罐头）炖粉条，主食大米饭，晚上嘛，还特加一个菜。"
>
> 这消息让大家心里美滋滋的，在前线天天吃干菜，好长时间没尝到肉味了。
>
> 炊事班的8位同志为年饭忙碌着，有的开罐头，有的泡粉条，有的淘白米……
>
> 谁知上午10点钟左右，3架敌机飞了过来。通信兵们在坑道里听见一声巨响，接着浓烟滚滚，大家跑出来一看全愣住了，一枚重型炸弹将整个伙房都炸飞了。
>
> "班长，班长！"战友们高喊着，却没有回应。
>
> 报告首长后，电话班留下两名同志守机，3名同志到周围找回4具残缺不全的尸体，其他牺牲同志的骨肉已无法辨认，只得集中在一起。战友们含泪用白布将烈士的遗体包好，就地安葬。
>
> 晚上，新组成的炊事班为通信兵送来了猪肉炖粉条和大米饭，可谁也吃不下，他们集体用米饭祭奠阵亡的战友……

除夕这天早上，我要在军政治部的话，是死是活就很难说了。身处前沿阵地的我没有受伤，后方的战友却遭此不幸，我痛心不已，亦感到生命的无常。

战斗在坑道里

在前沿的那些日日夜夜，我们被这里的人、这里的事、这里的每一寸土地感染着、感动着。于是，我一有时间就旁若无人地在这昏暗的坑道里写日记，写下当天人和事以及我的感受，经常是点着蜡烛写。

我在1953年春节当天（2月14日）的日记"给母亲"中，描写了战斗在抗美援朝前线的志愿军指战员们在坑道里过春节的情形：

在今天的黎明，我们祖国的城市和乡村都在欢乐地进行团拜和拜年了。这时，大概有很多的母亲们都会想起了她们在朝鲜战场上正在战斗着的儿女，哪位母亲也可能因为她的爱子没有和他们的家庭——父母、姐妹、妻子们团聚在一块儿吃顿饺子，而暗暗地流泪吧！

亲爱的母亲，如果您真的为这而难过的话，我们应该告诉您，我们很好，您着我们是这样过的春节：

按着咱们家乡的风俗，我们也吃了饺子。饭后，天将黎明的时候，全排几十个同志坐在了坑道里。

指导员同志首先问我们说："同志们，我们坐在这潮湿、狭窄，低（矮）的连头也抬不起来，只能弯着腰，甚至爬着进出的坑道里过春节，艰苦吗？"

大家说："不艰苦！"

"怎么不艰苦呢？如果不是美国鬼子，我们就可以在明朗温暖的阳光下自由地玩耍！我们承认这是艰苦，但是我们能够并且很愉快地度过这种艰苦。如果没有我们在这里忍受艰苦，我们祖国千百万人民——母亲、姐妹、妻子、儿女，都没有他们现在的幸福，况且我们还不算太艰苦！"

指导员给我们这样说时，我们每个人都明确这是实话。（他讲）完了以后，我们也拜年了，互相致以亲切的军礼！并给功臣同志握手祝贺！大家齐声欢呼："我们要以多杀伤（敌人）的胜利，来回答母亲对我们的关怀，保证他们过安生日子！"接着，慰问组的同志们代表首长，向我们贺年，祝我们身体健康，并希望我们在胜利的基础上争取更大的胜利！（说）完了，那位同志拉着手风琴，我们齐唱《歌唱祖国》和祖国人民展开大竞赛的歌子。

妈妈，就在我们唱歌的时候，敌人还不断地向我们阵地打炮，您不要以为这是敌人的威胁，相反的，这正是它们惊慌的表现，因为它们怕我们袭击它们，所以才向我们打炮。但是它们那种断续的轰击，怎能挡住我们强大的炮火的回击呢？它们打一发（炮弹），我们二发、三发（炮弹打）出去了，飞到了它们的炮兵阵地和它们交通要处的地方，这时敌人的炮和人都成了哑巴。

我们就是这样地度过了春节。您说，我们站在保卫和平的最前线是光荣的，并称我们是最可爱的人。是的，我们确实体验了这些，但是我更清楚地知道，这是毛主席对我们教导的结果，使我们成为毛泽东的战士。

亲爱的妈妈，我们并不满足我们现有的一点成绩。我们要保持并发扬荣誉，继续沉重地打击美国侵略者，使我们的祖国能在幸福安稳的生活中建设。为了这个，所以我们愿意并决心战斗到底，大量地消灭敌人的有生力量，迫使敌人接受和平解决朝鲜问题，否则消灭它！争取持久的世界和平。

朝鲜前线某阵地前沿志愿军战士——您的儿女们

1953 年 2 月 14 日于火炮声中

我在 1953 年 2 月 17 日的日记"好几天没洗脸"中，描写了志愿军战士在坑道里的战斗生活以及精神面貌：

钻了两天的坑道，一般没有什么重要的事都不让出来，且把它当成一个自觉遵守的纪律。白天我们的前沿小组只留一两个人监视敌人，其余全部进入坑道轮班休息。

昨天晚上，我因听咱们的广播①没有很好（地）睡觉。这几个联络员给敌人喊话，这几天答话很少，他们很焦急。因为这部分敌人是刚换来的，受我们的教育还少。再加（上）他们军官对他们严格的限制和欺骗宣传，这是很自然的。不过，只要经过我们耐心的、长时间的瓦解和解释我们的（宽大俘虏）政策后，（敌兵）是可以在思想上起变化的。他们几个在那谈着我们听不懂的朝鲜语，很热烈，大概他们是在讨论什么问题，我静静躺着听他们。与其说听，不如说看更合适些，看他们每个人的表情都很认真。

开下午饭了，这是下午5点多钟的时间，从早晨5点吃过饭到现在已经12个小时了。天未亮前，趁敌人还未封锁道口的时候去打了饭。下午天黑下来，再去打下午饭。我们四个人，三个人（是）联络员。（他们）给我们拿来五六个馅饼，据说这是过春节后第二顿饺子，因为不便利包，伙房给烙成了饼，（其他）什么也没有，我们就这样吃了一张，现在很想马上喝到一点水。

这里水实在困难，吃的水全都是从山沟里冒着敌人的炮火捡上来的大小冰块化的。除了喝的外，并且还收存起来很多，以便长远打算。的确，为了这，大家甚至几天不洗脸。即使洗一次脸，一盆水要五六个人共洗。

我进入这个地方，三天来还没有洗一次脸。来往出入坑道，身上很脏，手上很多土和黑的东西。有时不觉往脸上一抹，于是脸上就留下了一大块黑印。怪不得刚才进洞的时候，那个女广播员小李子②（我们叫她"小鬼"）笑着同时摸着自己的脸，说一些我们听不懂的朝鲜语。我知道了，拿（小李子给的）镜子③一照，果然发现我脸上那块黑，我也笑了，并决心明天洗洗脸④。

---

① 对敌宣传广播。
② 朝鲜人民军中的广播员，人民军护士学校毕业的学生，为了瓦解敌军的士气，解释志愿军对敌的宽大俘虏政策，这些勇敢的女广播员和志愿军共同来完成这个任务。
③ 小镜子是小李当时从她的衣兜里掏出来递给作者的。
④ 实际情况是两天后到团部开会前才洗了一次脸。

战争的生活就是这样，哪能像我们平时那样（地）正规、讲究呢！一方面条件不允许，另外谁也顾不得那些了。所关心的是如何打更漂亮的仗和做好自己的工作，而不受无谓的损失。抓紧时间就休息，起来就吃饭。

战争，战争的生活，都能锻炼一个人，他能否在这艰苦的环境里坚持下去，并乐观地过下去，是可以看得出来的。看吧！这个小小的洞子里，所有的中朝人民的战士，总是那样紧张而愉快地（过）着这炮火声中的生活。

我们是勇敢的人，愉快乐观的人，炮弹打不垮我们的意志，炮弹声淹没不了我们的歌声。我们的歌声和我们的钢铁阵地一样共存，哪里有阵地，哪里就有我们的歌声！

我在1953年3月1日的日记"正月十五夜激烈战斗"中，详细记载了发生在前一天也就是正月十五元宵节（2月28日）夜间的战斗场面：

（昨天）晚上一场激烈的战斗：

还差三分、两分、一分、五秒……，12点到时，我们的炮弹像雨点儿一样落到敌人阵地，我们的突击队也冲进了敌人的阵地。三颗红色的信号弹飞上了天空……，我们全部占领（了）阵地。钻进地堡里去的敌人听了我们的喊话后还不投降，当我们最后（喊话）："如果再不出来的话，我们就要爆破了！"最后的警告（敌人）还不出来，我们立刻就（把）20公斤的炸药拉了导火索。那群顽固的敌人在巨响里飞上天空。全部歼灭敌人后，我们撤出了阵地。

又出了问题，敌人暗堡射出了子弹。看样子里面还有敌人在抵抗，我们需要很快（把）地堡炸毁。三班一个小组奉命带着两个20公斤的炸药包去爆破，但刚出坑道口（战士）负伤了！敌人的高射机枪封锁住了我们的出口，还要继续爆破。

这时营长又说："再去一个小组，这次是志愿的。"

他的话音未落，青年团员刘元春第一个说："我去！"在这紧急的关头，他毫不犹疑地和其他两个自告奋勇的战士冲出了封锁，除途中一人负伤外，全部爆破了正在射击的敌人地堡，圆满完成了任务。

我还要记一个英雄的名字：彭广彬。当他冲锋时，一出（洞）口就负了伤，但他没有吭气，一直冲到敌地堡跟（前），拉着了导火索，把敌人的地堡爆破了。回来后，他微笑着向指导员说："报告指导员，我完成了你分配给我的任务，负了一点伤！"

昨天下午3点半钟吃了下午饭到今天（下午）的5点半，整整26个钟头了，当中吃了一个冷馒头，因为战斗的紧张也吃不下去。天还没有黑，我和安干事由前边返回，在途中经过敌炮封锁。我们跑呀！大概是跑了100多米左右，实在跑不动了，张着嘴出不来气。找了一个比较隐蔽的山背面休息了一会（儿），晚上7点半才（回）到了指挥所。

与文工团演员们在一起

六十七军文工团和我们摄影组都归文化处直接领导。文工团很大，有百十号人，分好几个队，有戏剧队、曲艺队、歌舞队、乐队、创作组。我们摄影组和文工团经常一起行军、打仗。

我和文工团的团长、团员接触较多，其中有一位后来在影视界很有名气，他叫里坡[1]，当时是戏剧队的队长。里坡给我的印象很深，比我大一岁，身材魁梧，声音洪亮，浓眉大眼，国字形脸。我们都叫他"大里坡"，因为他个子大，嗓门高。

---

[1] 里坡，生于1928年7月23日，著名演员，原名李庆章，河北省宝坻县（今天津宝坻区）大口屯人，1945年参加八路军，曾任冀察军区政治部挺进剧社、华北野战军纵队战线剧社演员。新中国成立后，任解放军第六十七军文工团团员。1951年参加抗美援朝战争，任志愿军第六十七军文工团戏剧队副队长、队长。回国后，先后任总政治部文工团话剧团演员、分队长，八一电影制片厂演员、副导演，还从事过配音工作。曾在《回民支队》《红日》《林海雪原》《大决战》等影片中饰演角色，在《三国演义》（94版）饰演董卓，并为《西游记》（86版）猪八戒配音。2013年3月31日病逝于北京，享年85岁。

本书作者（右）与里坡，纪念新中国成立五十周年京津两地六十七军老战友北京聚会时合影（拍摄于 1999 年 9 月 12 日）①

里坡非常乐观，一说话就笑。他的表演才能很强，说话风趣幽默，爱说笑话，爱出洋相。只要他出现，就好像说单口相声或是演小品，时常搞得大家哈哈大笑。抗美援朝战争后期，他回国被调到解放军八一电影制片厂，当演员去了。

我在 1953 年 2 月 25 日的日记中，记录了文工团演员们为即将奔赴前沿作战的战士们的慰问演出情况：

---

① 照片由志愿军六十七军老战士曹家麟提供。

　　几天的各种政治思想、军事技术准备完成了，今天终于开上了前沿。

　　早晨6点钟，师文工队代表首长来到了二连驻地，进行慰问演出，欢送。

　　下午一点钟，在一座山峰下边开始了战斗式的演出。战士们坐在狭窄的石头上和山坡上，来欣赏这些志愿军各部队英雄的节目。在演出开始还不到一刻钟，（飞）来七架敌机，在上空盘旋，并在附近扫射、轰炸。但这里照常进行表演，大家聚精会神地观看，而表演者也同样充满了情感地演唱。

六十七军文工团小演员，身后是防空洞洞口，站在右侧的叫陈迅，现已去世
（拍摄于1953年2月）

　　"谁管你这些，我们以愉快心情来接受首长的关心，并以战斗的胜利来回答首长和同志们对我们的关怀。"有的战士猛然抬起那睁大的眼睛，朝着天空的敌机怒目而视地这样说。

　　最后一个节目是《一粒子弹一包糖》。这个剧的演出激起了战士们（对敌人）的愤怒。当节目演完了的时候，很多战士自动站起来表示决心说："我要坚决完成任务，为朝鲜的孩子和祖国的人民幸福生活，多杀美国鬼子！"

　　太阳落山了。在文工队同志们欢送的锣鼓声中，勇士们带着全副武装进入了交通沟——超过1000公尺高的太白山，直走上前线。

六十七军文工团慰问前线部队的将士，站在左侧的是谭兵（拍摄于1953年夏）

　　文工团里有一个小姑娘给我留下了深刻的印象，她的名字叫谭兵，梳着长辫子，身材高挑，瓜子脸，深深的眼窝，大大的眼睛炯炯有神，说起话来总是面带微笑。谭兵不仅长得漂亮，而且为人热情大方。

　　有一次，文工团到前线慰问志愿军战士，我执行跟团拍照任务。慰问活动结束后，大家都在休息。我坐在一个小山坡上喝水的时候，看到谭兵从不远处往这边款款走来。我站起身来，招手示意。她见我冲她招手，便走了过来，坐在我身旁，闲聊起来。原来她还不到 20 岁，十几岁就参军了。她曾经多次到炮火纷飞的前线为战士们唱歌跳舞，经受战火的洗礼。

　　交谈中，我得知她名字中有一个"兵"字，而我的笔名"雁兵"也有一个"兵"字。看来我们都与"兵"有缘呐！聊到这里，我俩都禁不住"哈哈"大笑起来。

文工团演员慰问前沿战士，白色搪瓷水杯上印有"最可爱的人"红色字样（拍摄于 1953 年夏）

　　后来，我与谭兵失去了联系，多少年没有她的音讯，但是她那美丽的笑容至今仍然留在我的脑海中。

　　2019 年 5 月 19 日，当时同为文工团演员的李缊米我家做客。大家谈到了谭兵，都没有她的联系方式。据说，从朝鲜回国后她调到了新疆，不知她近况如何，要是能联系到她就好了。如今，我只能在北京祝她健康幸福！

六十七军文工团小演员李蕴（左）与本书作者，左侧照片拍摄于 1953 年夏天朝鲜前线的一个山洞外，右侧照片拍摄于 2019 年 5 月 19 日北京作者家中

上面左侧照片中，当年的李蕴刚刚结束慰问演出，还没来得及换掉演出服装。十几年前，在一次六十七军老战友聚会上，我见到了阔别多年的李蕴，才知道她也居住在北京，于是便取得了联系。

2019 年 5 月 19 日，我与李蕴合影的时候，我们已经是八九十岁的老人了，于是我们突发奇想摆出了 66 年前合影时的姿势（右侧照片）。

60 年沧海桑田，60 年青丝变白发，唯一不变的是那段难忘的岁月。时光愈老，记忆犹新。面对照片，我仿佛又回到了 66 年前的那个山洞外，一个意气风发的青年，一位热情活泼的少女。

为张贴标语而牺牲的文工团员

在炮火连天的抗美援朝前线经常活跃着部队文工团的身影，他们对宣传鼓动我军的士气，打击敌人，发挥着至关重要的作用。文工团员们跟随部队行军打仗的时候，经常参与战地抢救护理工作。部队休息的时候，他们不顾旅途劳累，抓紧时间排练节目，进行慰问演出。这些文工团员大都非常年轻，有的小姑娘只有十四五岁。小小的年纪就离开父母的呵护，奔赴朝鲜前线，令人甚是感动。

1953 年夏，正当我随六十七军攻占"十字架山"的部队在前线执行拍照任务时，从卫生所传来一个不幸的消息：一位 16 岁的文工团员因张贴标语被炸伤后牺牲。

当时，战斗正在激烈地进行着，我顾不上悲伤。此后的 66 年来，我一直没有忘记这位英雄的文工团员，想知道她牺牲前后的更多情况，却一直没有机会。直到 2019 年 5 月 19 日，一位与她一个团的战友——康力，同李蕴一起来到我家做客，才如愿以偿。她们三人都曾是我们六十七军文工团的演员。康力在朝鲜前线演出时，因飞机轰炸右耳受伤，如今她需要戴助听器才能与人交流。以下是康力讲述的一段关于文工团员赵云霞烈士的故事①：

赵云霞是六十七军二〇〇师文工队队员，因为她热情大方，和同志们相处得很好，大家都亲切地称呼她"云霞"，以至于好多人都不记得她姓什么了。

1953 年 6 月中旬，正是六十七军攻克"十字架山"战斗最激烈的时刻，从前线运送下来一批又一批伤员，被临时安置在卫生所里，卫生所是用木头搭起来的简易房子。文工团员们这时候也忙碌起来，有的协助医生和卫生员紧张地抢救伤员，并进行简单的包扎、处理伤口等，然后把重伤员转送到更远处的前线医院去；有的书写、张贴"欢迎战士回来！"等标语。

云霞和万明清是两个十五六岁的小姑娘，就在卫生所外面木头墙上张贴标语。云霞站在凳子上贴，万明清在下面给她递。眼看着标语就要贴完了，这时她们听到了敌人炮弹的爆炸声。

万明清紧张地说："敌人打炮了！你快点下来！"

云霞说："还有最后一张，我贴完就下去！"

---

① 根据志愿军六十七军一九九师文工队队员康力 2019 年 5 月 19 日的录音整理。

就在这时，一发炮弹就在她们附近爆炸。万明清被震倒，顺势趴在了地上，没有受伤。云霞的颧骨被一块炮弹皮划过，顿时鲜血直流！

卫生所里伤员越来越多，医生和卫生员在抢救一位又一位重伤员，实在是太忙了！云霞在卫生所里静静地躺着，低声抽泣着，战友们劝慰她："你伤得不太重，很快就会好的！"她说："我不是怕疼，是怕留疤。脸上有疤，我还怎么演出啊！"

说着说着，她哭得更厉害了。

当时她脸上血流不止，又正值生理期，时间就这样一个小时一个小时地过去了……

云霞终因失血过多，献出了年仅 16 岁的生命！

我在抗美援朝纪念馆官网查到了如下信息："赵云霞，女；籍贯：山东省阳信县；出生时间：1937 年；牺牲时间：1953 年 6 月；参加革命时间：1949 年 5 月；所属部队：志愿军二〇〇师；曾任职务：宣传员。

可爱的云霞，英雄的云霞，我们不会忘记你！

牺牲在前线的独生子

北京解放后，许多知识青年参军，特别是抗美援朝时，更多青少年要求参加志愿军，曹家麟就是他们中的一员。1951 年，抗美援朝战争正在进行，看到一批又一批志愿军战士出国作战，15 岁的曹家麟热血沸腾，毫不犹豫地报了名，成为志愿军六十七军一九九师政治部文工队的一名队员。如今白发苍苍的他，仍然在为志愿军老兵做着无私的奉献。

志愿军在招兵的时候，一般不招独子。然而，我们六十七军文工团里有一位秘书，却是家里的独子。他强烈要求参加抗美援朝，于是瞒着父母来到朝鲜。我见过他几次，一个北京小伙儿，说话一口京腔，瘦高的个子，高中毕业生，书生气十足。为了保护他的安全，上级领导安排他到了文工团。他没有文艺专长，但是文笔不错，就当了秘书，经常给团长写点东西。来朝鲜两年了，领导没有安排他上过一次前线。

1953年的初夏，他一而再再而三地请求领导让他上一次前线，他说："眼看快停战了，我要是再不上前线，就没有机会了！"领导终于答应了他的请求，千叮咛万嘱咐，让他不要离开坑道，注意安全。

坑道里潮湿、闷热、空气不流通。他在坑道里待了两天，憋得实在难受。第三天一早，天刚刚亮，他就和战友们说："我出去打点水，洗把脸。昨晚敌人一晚上没打炮，不会有事的！"说着，他就端起洗脸盆，走出坑道。

没想到，他刚刚出坑道口，正在洗脸，就被敌人的炮弹打中，再也没回来。

他的牺牲让领导和同志们非常痛心。他被保护了两年，最终还是没能逃脱美军炮弹的魔掌。

战争就是这样的残酷无情！

他牺牲的消息一直没敢告诉他的父母，直到1954年我们六十七军回国后，政治部和文工团领导专程前往他家吊唁时，这个噩耗才传入他父母耳中。

十字架山攻坚战

十字架山战斗是志愿军1953年夏季反击战第二阶段作战中的一次攻坚战。十字架山，本名"座首洞南山"，其阵地是敌军东线最为坚固的阵地。

座首洞南山，因状如"十"字，亦称十字架山，它位于二〇〇师746.5高地以南，是敌金城前线要地轿岩山之右翼屏障。凭借着易守难攻的山势，南朝鲜军苦心经营两年多，以坑道、盖沟为骨干，与各种明暗火力点及各种障碍物相结合，形成了复合型支撑点式的防御体系，吹嘘为"首都高地""京畿堡垒""模范阵地"。

十字架山是插在我军西进的一颗钉子，拔掉它对推进1953年整个夏季战役的胜利至关重要，更是逼迫敌人在板门店谈判桌上更老实些的重要一仗。

根据志愿军首长的指示，我们二十兵团决定六十军①在北汉江东集中打击南朝鲜军第五师，六十七军在北汉江西集中力量打南朝鲜军第八师，两个军

---

① 1952年9月8日，中国人民志愿军第六十军由第三兵团转隶第二十兵团。

隔着汉江并肩作战。六十七军首长将攻占十字架山的任务交给了二〇〇师。

二〇〇师师长是李静①同志，十字架山战斗就是李师长指挥的。1953年6月，我和钟声被派往二〇〇师，执行跟随部队拍照战斗全程的任务。其间，我见到了李静师长。

李师长高高的个子，白白净净，看起来像个知识分子。他在我们六十七军高级指挥员中文化程度比较高，听说还上过大学。

李师长在召开十字架山战斗前的一次步炮协同会议时，我拍摄了会场场面。当时，我距离李静师长比较远，会后他在指挥所里一刻不停地忙着战前的各种准备，指挥所里有好几部电话。电话铃声此起彼伏，一片紧张、繁忙的景象。我不便过多打扰师长，就再没有近距离的接触，也没能留下他更清晰的影像。

李师长平时对下属很和气，指挥战斗时却是一脸严肃。在紧张的战斗中，有时电话通话声音不好，或电话线被炸断接不通。他很着急，会发脾气，过后意识到不好，就马上向部下道歉。

二〇〇师首长决定6月12日21时出动3个团、308门火炮和8辆坦克，向南朝鲜军第八师盘踞的座首洞南山发起攻击。师首长将主攻任务交给了六〇〇团，这是一个曾经因钢铁战士任西和烈士而被称为"西和团"的英雄团。

任西和同志是我的河南老乡，他是洛阳偃师人，1928年12月出生的，比我大一岁，是中国人民志愿军二级英雄、一等功臣。1951年5月，任西和报名参加志愿军，被编入我们六十七军二〇〇师六〇〇团三营机枪连，担任重机枪弹药手，同年夏天开赴朝鲜战场。

---

① 李静，原名李景澧，字静波，生于1918年，河北省文安人。1937年在本县组织抗日救国军，1938年参加八路军。抗日战争时期，参加过百团大战，在冀中区"五一"反"扫荡"中获得荣誉奖章。解放战争时期，参加过绥远、青沧、保北、清风店、石家庄、察南、太原和平津等战役。新中国成立后，任解放军第六十七军第二〇〇师政治委员。1951年夏，入朝作战，任中国人民志愿军第六十七军第二〇〇师师长，参加了1951年的秋季防御战役和1953年的夏季进攻战役，获得朝鲜民主主义人民共和国二级国旗勋章和二级独立自由勋章。1954年起，先后任第六十七军副军长，总参谋部作战部副部长，海军舟山基地副司令员、司令员，《中国大百科全书·军事卷》编审室副主任。1955年被授予大校军衔，1961年晋升为少将军衔。2011年11月24日病逝于北京。

战斗打响后，步兵从十字架山正面 13 号支撑点进攻，机枪连的任务是掩护他们。部队发起冲击后时间不长，意外发生了——重机枪架被敌炮炸坏。敌人趁势用密集的机枪扫射，阻挡着我军冲击的步伐。调其他机枪，已经来不及了，就把机枪放在壕沟或塄坎上，但是不能灵活机动地瞄准敌人，杀伤率就会大大降低。这危急时刻，任西和冲了上来，把 90 斤火热的机枪扛在自己的肩上，对机枪手贾来福说："快打！这比枪架好使！"

重机枪再次发威，压制住了敌人的火力，步兵继续向前猛冲。上千发子弹从机枪里射出，机枪越来越热，越来越烫。任西和双手、双肩被烫焦，隆起一个个黑紫的血泡。从机枪里弹出一个又一个弹壳，重重地砸在他的脊背上，血肉模糊。排长姜怀光看他受伤，抢过机枪扛到自己的肩上，刚刚打了几十发子弹，就被任西和抢回去。任西和让排长继续指挥战斗，把机枪再次扛到肩膀上。在机枪连的掩护下，步兵分队终于占领了十字架山 13 号支撑点！

接着，机枪连要继续完成下一个任务——掩护向 45 号阵地冲击的步兵。机枪手贾来福牺牲了，任西和冲上来接替牺牲的战友。他左臂中弹，骨头都被打断，简单包扎后，他用右臂继续射击，坚决不让排长把他换下来。一发发仇恨的子弹射向敌人，任西和双腿又负伤 4 处，终于被换下来。就在卫生员给他包扎伤口的时候，一发炮弹在空中爆炸。卫生员用身体掩护他，但他还是没有完全躲过罪恶的弹片，再次负伤多处。

任西和倒下了，被抬下战场后，第二天因流血过多而牺牲。

我虽然没有拍摄到任西和烈士战斗的场面，但是他的事迹在全军上上下下传颂着。如今，在他的家乡偃师市顾县镇顾县村的 320 省道旁，矗立着任西和手持钢枪的英雄塑像，人们永远怀念着他。

我用相机见证了我们二〇〇师攻占被敌军吹嘘为固若金汤的十字架山阵地的全过程。在拍摄的多幅照片中，署名钟声、雁兵（我的笔名）合作的一组 9 幅作品，被收入长城出版社出版的《中国人民解放军历史资料图集：抗美援朝战争时期（下）》一书中，组图的题目是《强大的夏季战役：反击十字架山战斗》。

十字架山反击作战前的步炮协同会议（拍摄于 1953 年 6 月）

大战前，坑道口，志愿军战士互相鼓励，决心再立新功（拍摄于 1953 年 6 月）

上面照片是在十字架山前沿阵地的坑道洞口拍摄的。借着从外面射进来的光线，可以看出坑道低矮且光线昏暗。

大战前，文工团的同志给一连同志敬酒（拍摄于 1953 年 6 月）

在十字架山的战斗中，按规定时间拿下主峰，是此次战斗胜败的关键。六〇〇团首长把攻击主峰的任务交给了二营五连的勇士们。五连组成了一个攻占主峰的突击队，由副连长张喜成任队长，决定不惜一切代价，将红旗插上主峰。

12 日深夜，五连随二〇〇师的 3 个突击营在敌人阵地前潜伏下来。突击营的战士们要在敌人的眼皮子底下潜伏近 20 个小时，时间一秒钟、一分钟、一小时地过去了，周围一片寂静。下午 3 点，距离发起攻击的时间还有 6 个小时，就在这个时候，一个不想发生却又在意料之中的事情发生了。

敌人突然在五连潜伏区进行火力侦察，一发炮弹在三排战士李克文身边爆炸。他负了重伤，顿时鲜血直流。李克文强忍着剧痛，掏出救急包，吃力地裹着伤口。没缠完绷带，他就昏过去了。这时，副连长张喜成正好在他身边，帮他处理了伤口。五连的勇士们严守着潜伏的钢铁纪律，以邱少云为榜样，以大无畏的献身精神保证了任务的完成。

通信员穿越敌军封锁线，往阵地前沿送信（拍摄于 1953 年 6 月）

时钟终于指向了 21 点，我军数百门大炮齐鸣，一排排射向十字架山敌人阵地。一阵炮火过后，五连的勇士们跃出潜伏区，如一把钢刀直插主峰。眼看就到了冲锋的时间，由于连指挥所被炸，连长、指导员都身负重伤，突击排二排长任志明（在后面《热烈欢迎英雄归来》小节里，有我在 1954 年秋为他等英雄回国拍摄的照片）当机立断，挺身而出，代理连长，指挥全连向十字架山主峰发起冲锋。经过惨烈的肉搏战，五连不仅占领了主峰的表面阵地，还攻入敌人坑道，全歼里面的守敌。

勇士们修补攻占的敌军工事，准备迎击敌人反扑（拍摄于 1953 年 6 月）

经过一个半小时的激战，勇士们将胜利的军旗插上十字架山主峰，此役我军歼灭南朝鲜军第八师第二十一团大部及第十团一部（拍摄于 1953 年 6 月）。此照片在军事博物馆 2020 年 10 月举办的《纪念中国人民志愿军抗美援朝出国作战 70 周年主题展览》中展出

指挥员在占领的十字架山阵地上观察敌情（拍摄于 1953 年 6 月）

攻占十字架山主峰的三勇士，左起张喜成、潘昌义、邓高明，红旗上写有"坚决歼灭守敌把红旗插上主峰"十三个大字（拍摄于 1953 年 6 月）

潘昌义是我们六十七军二〇〇师六〇〇团三营五连突击排机枪手，志愿军特等功臣、二级英雄。他是四川涪陵市人，1931年出生的，比我小两岁，刚参军就来到了朝鲜前线。

潘昌义端着机枪随着五连从潜伏区冲向十字架山主峰。右肩被炮弹碎片撕裂，鲜血喷出，他顾不上包扎伤口，继续向敌人猛烈扫射。由于机枪的后坐力很大，一次次撞击着他的右肩伤口，伤口越来越大。他流血过多，昏倒在地。后来，他被战场上的炮火声震醒，挣扎着爬起来，端起机枪，右肩已失去知觉，便用左肩顶住机枪，重新投入战斗。这时他的鼻梁、前额也负了伤，但没有停止射击。又一发炮弹碎片打入了他的左腿，他再次昏迷过去。当他苏醒过来，卫生员要把他抬出阵地，坚决不下火线。卫生员执拗不过他，只好暂时把他隐藏在坑道里。坑道里的他，第三次昏迷后被我军的冲锋号唤起，这时的他已经站立不起来了，仍然挣扎着爬出坑道，用尽全力向敌人投出手榴弹。当增援部队赶到时，他终因失血过多，第四次昏迷过去。

邓高明是二〇〇师六〇〇团三营五连二排六班班长，志愿军一等功臣。他在排长任志明的指挥下，占领主峰表面阵地后，迅速发现了在主峰上敌人的指挥所。于是，他和一个战士摸到指挥所一个坑道口。他俩是第一小组的，任务是和第二小组的两个战士合作端掉敌人的指挥所，巩固十字架山的战果。任排长的作战计划是第二小组从另一个坑道口进入指挥所，两个小组夹击敌人，在敌人指挥所"会师"。

进入坑道后，邓高明向里面扔了一个手雷，他俩一前一后继续向坑道里搜索，一面机智地躲避着敌人的枪子儿，一面端着冲锋枪向敌人扫射。敌人的枪声停止了。邓高明和战友继续向前，除了发现几具敌人的死尸外，还俘虏了一个活的。邓高明让战友看着俘虏，自己继续向前搜索，终于与第二小组"会师"了！

原来，第二小组的两个战士都负了伤，比原计划"会师"的时间晚了一会儿。这时，突然从右侧打出一枪，原来这里是敌人的住室，子弹就是从里面射出来的。邓高明立即向里面扔了两颗手榴弹，顿时没了动静。邓高明和战友们彻底端掉了十字架山主峰的指挥所，圆满完成了战斗任务。

十字架山阵地上，南朝鲜军缴枪投降（拍摄于 1953 年 6 月）

本书作者（左一）和战友们登上十字架山主峰阵地，左二是六十七军文化处干事王力勤
（拍摄于 1953 年 6 月）

主峰阵地是十字架山的最高峰，尽管已是 6 月的天气，但在山顶上风大，
还是很凉的，所以我披了一件大衣。

喝饱之后，我们继续往山上爬，爬了十几米远，发现小溪旁边有好几具血肉模糊的尸体，横七竖八，残缺不全，根本看不出是敌人还是战友。溪水混合着血水，静静地流淌着。原来我们喝的是这样的水！我的心情顿时异常复杂……

停战前的激战

1953 年 7 月 27 日 10 时，朝、中、美三方在板门店签订《朝鲜停战协定》及《关于停战协定的临时补充协议》，生效日是 1953 年 7 月 27 日 22 时。

停战协议生效前的 12 个小时，敌我双方都在大举进攻。敌人想往北多占一个山头是一个山头，得寸进尺。我们想往南，能推进一步就多得一部分土地。双方打得不可开交，几乎打光了所有炮弹。

"一到 22 时，双方必须就地停战，一枪都不能再打。"这个命令开始只传达到师以上领导，连

攻击前，六十七军炮兵在待命（拍摄于 1953 年 7 月）

团长都不知道。战士们战斗情绪很高，打仗的劲头十足。那天晚上，在轿岩山打了最激烈、最残酷的一仗。

我和几个同志也到了前方，紧跟在进攻部队的后面。晚上10点钟以前是打得最激烈的时候，敌人的炮火往我们这边打，我们的炮火往敌人那边打，炮弹在我们头顶上嗖嗖地飞过。我们隐蔽在山包上、壕沟里躲避炮弹，爆炸声在我们身边此起彼伏。

六十七军炮兵向敌人阵地发动猛烈轰击（拍摄于1953年7月）

经过艰苦的战斗，敌军占领的轿岩山阵地终于被我们攻下来了。

很多战友就在停战前的几分钟牺牲了，我佩服他们的英勇无畏，为他们的牺牲而悲痛。

停战命令逐级从师部传达到团部、营部、连部，在22点前几分钟，传达到了每一个战士。好多战士打红了眼，根本不相信这个命令是真的。连长、指导员把电话交给大家听，话筒里传来了团长下达停战命令的声音。而后，连长说："听吧！这就是团长的命令！大家对好表，一到22点整，谁也不准打一枪。开一枪，就按违反军令处罚，就地枪决。"

秒针一秒一秒往前走，终于指到 22 点整。刚刚还是炮声隆隆震天响，突然戛然而止，战场上寂静一片，战士们都不敢相信自己的耳朵。

根据上级的命令，我们要翻过轿岩山，到达"三八线"。停战后的当夜，我们都没有睡觉，继续跟着作战部队前进，往山上爬。

山很陡，也很高，我们翻过了好几个山头，来到半山腰。正值夏季最炎热的时候，我们又渴又疲劳，随身携带的水早就喝光了。

当我们快爬到山顶上时，累得实在不行了。我们几个人坐了一会儿，休息一下。我们口渴难忍，看到从山涧小溪流下细细的水，便不管不顾地用双手捧起水送到嘴里喝起来。喝了好几口之后，我才感觉这味道不对，心想能解渴就行，管它什么味儿呢！

喝饱之后，我们继续往山上爬，爬了十几米远，发现小溪旁边有好几具血肉模糊的尸体，横七竖八，残缺不全，根本看不出是敌人还是战友。溪水混合着血水，静静地流淌着。原来我们喝的是这样的水！我的心情顿时异常复杂……

打扫战场的部队还在后面，他们配有专门处理遗体的人员。

上午 10 点左右，我们终于爬到了山顶。我一看，这里尸横遍野，于是我赶紧拿起相机，拍了几张。

朝鲜战争停战第二天的战场残骸（拍摄于 1953 年 7 月 28 日）

上面照片因拍摄距离较远，场面较大，从照片上看不出那些黑点点是什么。实际上，那些黑点点都是尸体。从那棵被炮弹炸得光秃秃树干上可以看出，刚刚结束的战斗是多么的惨烈。

朝鲜战争停战第二天，本书作者和战友在轿岩山战场（拍摄于 1953 年 7 月 28 日）

轿岩山原本山高林密，一夜间只剩下枯枝残叶和光秃秃的山头。我和战友的脸上虽然显露出连续几个昼夜行军打仗后的疲惫，但是眼神里却闪烁着胜利后的欢快与欣慰。

在"三八线"上

1953 年 7 月 28 日，《朝鲜停战协定》签订第二天，在"三八线"附近的一个小山坡上，我看到几个战士正抡着大锤，用力打桩，钉一块木牌子，上面用中朝两国文字写着"非军事区北缘"六个大字。我赶快跑过去，用镜头记录下了这一珍贵的历史瞬间。

本书作者在"三八线"附近的"非军事区北缘"警示牌边留影（六十七军司令部文印员段德胜拍摄于 1953 年 7 月 28 日）

当时几位同志正在"非军事区北缘"警示牌边留影。我想，这么重要的历史时刻，也应该留个影吧。这时，我看到了挎着相机的司令部文印员段德胜，于是便对他说："你帮我照一张吧，用我带的相机。"就这样我留下了上面这张照片，我脸上挂着的泥土隐约可见。这张照片几年前在全国政协机关书画摄影展览中展出，编辑在照片说明中是这样写的：这张极其珍贵的照片，见证了志愿军战士对胜利的喜悦和自豪。而那凝望远方的双眼，流露出的正是对祖国和亲人的思念。

本书作者（右）与段德胜在"非军事区北缘"合影（拍摄于 1953 年 7 月 28 日）

中朝指战员和朝鲜民众在"三八线"上的"非军事区北缘"警示牌前（拍摄于 1953 年 8 月）

停战后的朝鲜人民

历时三年的朝鲜战争终于结束了！

勤劳勇敢的朝鲜人民在尽情享受和平时光的同时，迅速投入重建家园、恢复生产中。

停战后的朝鲜儿童（拍摄于 1953 年秋）

停战后的朝鲜妇女在建设家园（拍摄于 1953 年秋）

朝鲜人民在秋收，马车随处可见（拍摄于 1953 年秋）

朝鲜人民奋发图强，建设被战争毁坏的家园（拍摄于 1953 年秋）

　　由于朝鲜停战，我下部队采访的任务不多。1953 年秋天的一个下午，阳光明媚，蓝天白云。我爬上一个山头，在树荫下，想拍摄一些战后的朝鲜风光。

　　我看到来来往往的人们，悠闲自在地在路上行走着，享受着和平美好的生活。朝鲜人民在白天不敢随便在街上行走的情况，已经成为历史。我接连拍了好几张照，记录下这来之不易的幸福时光。我用的是德国罗莱弗莱克斯（Rolleiflex）双镜头反光 120 照相机。

行走在大路上的朝鲜人民，步履轻快，充满自信，享受着来之不易的和平时光（拍摄于 1953 年秋）

朝鲜农民在耕作，破败中孕育着生机（拍摄于 1953 年秋）

朝鲜小学生回到学校，校舍被战火所毁，课堂只能暂时设在室外，学生们席地而坐（拍摄于 1953 年秋）

　　1953年冬天的一天，白雪茫茫，我外出时遇到两位朝鲜妇女。她们头上顶着装得满满的大筐子，步履平稳，脚下积雪被踩得嘎吱嘎吱响。听说她们是赶集买东西回来，我随手抓拍了一张。两个人看到我拍照时，都很高兴，还热情地向我招手示意。

头顶大筐、面带微笑的朝鲜妇女（拍摄于1953年冬）

　　我随同六十七军一同回国。归国途中，我们受到了
朝鲜人民亲人般的欢送。

离朝时，受到亲人般欢送

　　1954 年 9 月 29 日，第二○○帅分别由新高山、龙池院、释王寺乘火车，与其他 6 个兄弟师通过新义州、满浦口岸归国。[①]

　　照片的横幅标语上用中朝两种文字写着"中国人民志愿军的英雄事迹是我们永远不忘"。从这句不太通顺的汉语中可以看出，这是朝鲜人书写的，充分表达了朝鲜人民对中国人民志愿军的热爱与感恩。

　　我随同六十七军离开了战斗三年的朝鲜，踏上了回国之路。归国

回国前夕，朝鲜某火车站（拍摄于 1954 年 9 月）

[①]　宋晓军、青山编著，《十大王牌师》，大众文艺出版社，2009 年 10 月第 1 版，P349。

途中，我们受到了当地朝鲜人民亲人般的欢送。

热烈欢迎英雄归来

我们回到安东市后，受到了祖国人民热烈的欢迎。国内同胞组织了欢迎中国人民志愿军回国的代表团。

我们志愿军也组成了一个代表团。代表团中有英雄模范人物，也有各个部队的有关领导，在欢迎大会上接受祖国人民检阅，向祖国同胞汇报志愿军赴朝作战的情况。

我和另一位同志是志愿军代表团的随员，我俩住在

本书作者（右）与战友在朝鲜某火车站（拍摄于 1954年 9 月）

一个房间里。我们的房间是安东市交际处招待贵宾的。房间的茶几上摆着苹果、大中华香烟，还有火柴、烟灰缸等。那时候大中华烟可是最高级的烟。我们都不好意思动一下摆的这些东西，水果一口没吃，烟盒都没打开。

别的房间的同志问我："你们房间里有没有水果、香烟啊？"

我说："有啊！"

他说："你们吃了吗？"

我说："没有啊，我们没好意思吃。"

他说："那是专门给你们的，你们不吃，第二天还会给你们换上新的。"

听他这样一说，我就把中华烟打开了一盒，抽了一根，还吃了一个苹果。这是祖国人民对志愿军的盛情款待，我顿时倍感亲切。

六十七军和四十七军先后到达丹东，我作为部队摄影记者，拍摄了一组

志愿军回国的照片，以下三幅曾经刊登在《解放军画报》1954 年 11 月刊。

安东食品工厂劳动模范梁凤山（右）把自己酿的美酒敬献给国际主义战士罗盛教所在连队的战友宋会云（左）和李先发（中）（拍摄于 1954 年秋）

志愿军二级英雄、一等功臣任志明（左一）、特等功臣张福荣（左二）和孤胆英雄唐凤喜（左三）参观辽东绢纺工厂细纱车间（拍摄于 1954 年秋）

安东市模范军属缴大娘（拿旗者）在志愿军归国乘坐的闷罐车上，向志愿军"老秃山"英雄部队献锦旗，锦旗上写着"献给和平保卫者"字样（拍摄于 1954 年秋）

我回到了祖国的怀抱，回到了亲人的身边，终于远离了血雨腥风的战场。在享受和平幸福美好生活的同时，我积极投身到了国防和经济建设之中。

我眼中的战场虽然是残酷的，但在那个年代人们的爱国、积极、乐观、朴实、无畏的精神却给我留下了难以忘怀的美好回忆。

几十年来，我在翻看这些历史照片和前线日记的时候，一位又一位鲜活、青春、生龙活虎的战友涌现在我的眼前，我经常会为他们所作所为感动。他们中有的牺牲在战场，有的失去了联系，有的已经身故……

没有这些最可爱的人，就没有今天的和平生活和盛世繁华。

我的笔名叫"雁兵"

奔赴朝鲜战场后，经过反复斟酌，我为自己起了笔名——雁兵。为什么叫"雁兵"，因为我想到自己从小就当兵，跟着部队南征北战，如同大雁一样到处飞翔。之后，我以"雁兵"为笔名，发表了一些摄影作品。有一阵子，部队摄影圈里认识我的人都叫我"雁兵"。

我先后以杜文亮、雁兵两个署名分别在刊物上发表过摄影作品。

六十七军军部发给本书作者的全军摄影图片评奖会议纪念册，左为封面，右为扉页，里面是 1954 年以后作者的工作笔记及部分日记（拍摄于 2019 年夏）

　　自从我 1947 年开始从事军事摄影工作以来，拍摄了无数幅照片，都已上交组织，其中一部分曾经多次在《解放军画报》等刊物上公开发表。遗憾的是，我当年没有留下一份发表作品的刊物原件。

　　最近，我通过《解放军画报》社，竟然查到了当年我发表部分作品的数据图像资料，真是令我又惊又喜。

1954 年 10 月《解放军画报》刊登的文章版面，文章题目是"保持荣誉发扬荣誉"，落款：李基禄、雁兵著文、摄影。

　　下面是我当年拍摄的一组照片及《解放军画报》配发的照片说明：

文化学习后，部队出现了新气象，每天有报纸和《志愿军战士》刊物发到连里，大家争着阅读，并且在上军事课时大部分同志都能记笔记了，这是上"防化学"课时大家记笔记的情形

连长李兆元同志（该连党支部副书记），每周要对全连的军械作一次总的检查，保证武器不发生故障，随时可以应付意外情况

金城反击战中，三次负伤不下火线，带领队伍把胜利红旗插上敌人主峰的二等功臣、共产党员于德海班长（中），以实战经验，结合战术要求，教授战士怎样利用地形

在党员干部的领导下，全连在练兵中获得了优良的成绩。这是模范党员、副连长王德河同志在纠正战士的持枪动作

学习总路线之后，战士们纷纷写信动员家里把余粮卖给国家，支援祖国建设。这是战士陈光禄同志（读信者），给大家读他家中的回信。他家里已经把 1500 斤余粮卖给了国家

为了配合各个时期的任务，战士们创作了许多舞蹈节目来鼓舞大家。在 1952 年志愿军全军文艺会演中，三连的舞蹈节目——"反击胜利舞"曾获得了"战士节目一等奖"。这是他们在排练自己新创作的"学文为武"的舞蹈

三连在党支部的领导下，曾创造过不少的光辉事迹，实现了他们自己提出的"巩固荣誉，发扬荣誉"的誓言，光荣地得到了志愿军领导机关、祖国人民和朝鲜人民许多奖旗和赠旗。图为"模范党支部"的支部委员们，正在听支部书记高贵先同志传达七届四中全会"关于增强党的团结的决议"和研究全连今后应如何推进工作

志愿军政治部发给六十七军六〇一团三连的"模范支部"奖旗

　　我们的军队培养了许许多多的战地摄影记者，我只是他们中的一员。这些战地摄影记者冒着敌人的枪林弹雨，不惜牺牲生命，留下了一幅幅珍贵的历史画面，而我拍摄的照片只是沧海一粟。

　　我们在搜集整理历史照片和翻阅图书资料时，在长城出版社2002年5月出版的《中国人民解放军历史资料图集6》一书的"本集摄影"名单中，发现了很多熟悉的名字：田明、李学增、李基禄、杨子江、高粮、贾瑞祥、裴植。我的名字也位列其中，用的是原名"杜文亮"。长城出版社1987年出版的《中国人民解放军历史资料图集8》和2010年出版的《志愿军全战事》两本书的摄影作者名单中，用的都是我的笔名"雁兵"。

附录

1953年前线坑道日记：
在抗美援朝最前沿的24天

2月12日　到达团部所在前沿坑道

今天，由大队①到了接近前沿的五九八团。炮弹的飞过声已听得分外清楚了。这里住的是山洞。（政治处）主任说："这里敌机很疯狂，接连几次在这里俯冲、扫射、投弹，被我们的高射炮击落击伤26架。"

今天是农历十二月二十九日，前线准备过春节。根据上级的指示，要和敌人举行阵地联欢会。晚上用播音器向敌人提出联欢的条件，看他们如何答复。

30里路的行军，走到这里出了满身大汗，里面的衬衣全湿了。刚进洞感到特别闷热，但一个钟头后（身体）冰凉起来。再待一会（儿）把衣服暖干后就睡觉。

刚才和主任谈妥，明天早饭后去前沿一营。他们派个通信员送我。他让我休息一天，我说："得赶快（去最前沿），不然春节就过去了。"

2月13日　于前沿六号阵地

上午10点钟，由支队②和通信员同志到分队③。当中经过一个敌人炮火封锁区。

---

① 大队，即师部。
② 支队，即团部。
③ 分队，即营部。

　　我这是抗美援朝（入朝后）第一次到前沿，对前边的情况，特别是具体的战斗经验很缺乏。这位通信员同志很好，他很负责任地随时告诉我说敌机打炮的规律和炮弹飞过的声音，是远是近。我们来的时候——中午，正是敌人打炮比较频繁的时候。讨厌的炮兵校正机（侦察机），战士们叫它"吊死鬼"，老是在我们阵地上空来往盘旋，只要有一个人被他发现在活动，它就一转身子或一扭屁股，就示（意）炮火往这里轰击。不过我们终于机警地到了前沿指挥所。

　　在一个岩石的洞子里，点着一只洋蜡①。四位政指②和政教③同志在开关于战时政治工作的会议，我（在一旁）坐下了。

　　因在交通（沟）④里和往上爬山的时候，棉衣全湿透了。当时口干得要命，感谢通信员同志给我端来了一杯水。政教叫他在里面放一些糖。我连着喝了三杯，方觉得身上舒服一些。下午4点钟，这个（会）才告结束。

　　我和他们谈了一下我的来意和任务后，决定让我到二连去。于是，趁着天黑和该连刘政指到这里来了。

　　坑道里两边坐满了战士们，正在听连长关于这次任务的动员。

　　他说："我们奉上级的命令，最近一个时间向敌人举行一次反击。这个光荣的任务交给了我们，同志们说我们该怎样来完成这个任务呢？"

　　"坚决全歼守敌！"同志们的情绪高昂，并争取在这次任务中立功、入党、入团。很多同志都表示，在紧急关头，学习英雄黄继光同志那种自我牺牲精神。会后，他们分班举行小型座谈会。为了预祝大家这次能光荣地完成任务，每个班发给了不多的烧酒。指挥员说："同志们，酒不多，哪怕每人沾一下酒（碗）边，我们在这里为我们以前的胜利和预祝今后的更大胜利，同时也应该为我们最敬爱的领袖毛主席而欢呼吧！"

　　在这激烈的战斗情况下，这些人民的战士在阵地上，自己挖的坑道里，一手托着冲锋枪，一手端着那个祖国人民赠送的上面印着"最可爱的人"的

---

① 洋蜡，即蜡烛。
② 政指，即政治指导员简称。
③ 政教，即政治教导员简称。
④ 交通沟，即战壕，连接两处的通道。

杯子，每人喝了一口。

明天就是我们祖国人民几千年来所习惯过的春节。

我和连长、政指、团里来的几个干部在一块（儿），也以同样的形式喝了点酒。

副连长是个很直爽的同志，他端起碗大喊一声："为帮我们工作的首长干杯！"本来就是一碗酒，同时又是烧酒，怎能干呢？我们只好每人喝一口表示敬意。

通信员传来了（消息）：在今天，我们的炮火消灭了进犯的敌（人）100多，击毁坦克一辆。

2月14日（正月初一）给母亲

在今天的黎明，我们祖国的城市和乡村都在欢乐地进行团拜和拜年了。这时大概有很多的母亲们都会想起了她们在朝鲜战场上正在战斗着的儿女，那位母亲也可能因为她的爱子没有和他们的家庭……父母、姐妹、妻子们团聚在一块儿吃顿饺子，而暗暗地流泪吧！

亲爱的母亲，如果您真的为这而难过的话，我们应该告诉您，我们很好，您看我们是这样过的春节：

按着咱们家乡的风俗，我们也吃了饺子。饭后，天将黎明的时候，全排几十个同志坐在了坑道里。

指导员同志首先问我们说："同志们，我们坐在这潮湿、狭窄、低矮的连头也抬不起来，只能弯着腰，甚至爬着进出的坑道里过春节，艰苦吗？"

大家说："不艰苦！"

"怎么不艰苦呢？如果不是美国鬼子，我们就可以在明朗温暖的阳光下自由地玩耍！我们承认这是艰苦，但是我们能够并且很愉快地度过这种艰苦。如果没有我们在这里忍受艰苦，我们祖国千百万人民——母亲、姐妹、妻子、儿女，都没有他们现在的幸福，况且我们还不算太艰苦……"

指导员给我们这样说时，我们每个人都明确这是实话。（他讲）完了以后，我们也拜年了，互相致以亲切的军礼！并给功臣同志握手祝贺！大家齐声欢呼："我们要以多杀伤（敌人）的胜利，来回答母亲对我们的关怀，保证他们过安生日子！"接着，慰问组的同志们代表首长，向我们贺年，祝我们身体健康，并希望我们在胜利的基础上争取更大的胜利！（说）完了，那位同志拉着手风琴，我们齐唱《歌唱祖国》和祖国人民展开大竞赛的歌子。

　　妈妈，就在我们唱歌的时候，敌人还不断地向我们阵地打炮，您不要以为这是敌人的威胁，相反的，这正是它们惊慌的表现，因为它们怕我们袭击它们，所以才向我们打炮。但是它们那种断续的轰击，怎能挡住我们强大的炮火的回击呢？它们打一发（炮弹），我们二发、三发（炮弹打）出去了，飞到了它们的炮兵阵地和它们交通要处的地方，这时敌人的炮和人都成了哑巴。

　　我们就是这样地度过了春节。您说，我们站在保卫和平的最前线是光荣的，并称我们是最可爱的人。是的，我们确实体验了这些，但是我更清楚地知道，这是毛主席对我们教导的结果，使我们成为毛泽东的战士。

　　亲爱的妈妈，我们并不满足我们现有的一点成绩。我们要保持并发扬荣誉，继续沉重地打击美国侵略者，使我们的祖国能在幸福安稳的生活中建设。为了这个，所以我们愿意并决心战斗到底，大量地消灭敌人的有生力量，迫使敌人接受和平解决朝鲜问题，否则消灭它！争取持久的世界和平。

　　　　　　　　　　　朝鲜前线某阵地前沿志愿军战士——您的儿女们

　　　　　　　　　　　1953 年 2 月 14 日于火炮声中

2月15日　对敌广播

　　在连主阵地的坑道里勉强待了两天。如果有一点办法，我也要想出来。有时腰疼了，就出洞口到外边直一下腰再回去。我这样办勉强还可以①，战士们如果不经班长的允许，连解手②哨兵同志也不会让你出去，这是纪律！那么这只有在里待着，实在不行的时候，就躺下直直腰。

　　这两天，没有大的情况。

　　太阳落山了，这是敌人炮火间隙的时候。我和通信员同志来到了前沿 4

---

①　本书作者也是要经过班长允许才能出洞口，只是班长对其比较宽松。

②　解手，就是大小便。当时大小便的地方就是在 S 形的战壕里，距离坑道口一二十米左右的拐弯处，挖一个深坑。因为白天敌人监视很严，出坑道就有危险。所以，没有特别必要，战士们是不能随便出去的。

号阵地（广播组也在这）。白天不能通过和在外面活动，一切工作和任务都在晚上，实际上我们是把黑夜当成了白天。

到了对敌广播组，他们正在吃饭，王干事给我介绍了一下这几天敌人的情况。我们面对着的敌人是刚换的，所以我们喊（话）有两天没有答话了，但昨天晚上答话了。

我怀着极紧张和奇异的心情来，想看马上就要开始的对敌喊话，（还）想听一下敌人的无耻欺骗宣传。

（我的）眼睛不时地转移到那两位朝鲜女战士——广播员的身上。她们是人民军护士学校毕业出来的学生，现在为了瓦解敌军士兵的士气，解释我们对敌的宽大（俘虏）政策，她们和志愿军共同来完成这个任务。

7点钟，我们的广播组开始给敌人喊话了。开始时先放了一张《祖国进行曲》的唱片，然后介绍我们中国人民志愿军对敌人的宽（大）俘（虏）政策，和我们争取和平的信心和决心。

敌人也向我们广播了，我们听着声音是个广东人——一个蒋匪帮特务，他们以卑劣无耻的音调，乱谈他们的所谓"和平"。我们的迫击炮一打，（它们）就不吭声了。

回到坑道里，他们给我们介绍说："我们这迫击炮是打敌人的广播机再准也没有了！"

随后又说："前些日子它们（广播机）一响，我们的炮弹就射击出去了。在那里爆炸声中，而后听到那家伙说，'共军的炮打（得）真准，再见了！'"

2月16日　休闲生活

前沿小组面前的敌人距我们200公尺。

激烈而尖锐的斗争在进行着。我们的广播机响了，向敌人的军官和士兵们讲解我们的和平政策，和根据敌人投诚过来的士兵所提供给我们的情况，来揭露敌人内部残酷压迫和统治。

敌人的扩音器也响了，两边双方的喇叭对响起来。一听口音，敌人的广播员还是昨天晚上那个广东（口音）的家伙，像狼嚎鬼叫。我们的声音很清晰，而敌人的是很低沉的调子。（他）几句话还未说完，（就）被我们的迫击炮打哑巴了。

　　它打不着我们，当我们（广）播一段时候休息了，联络员同志就拿着喇叭筒子向敌人喊，反驳它们那种骗人的无耻鬼话，以事实来揭发它。

　　如有一天晚上，它们用以麻痹我们（的语气）说："冬天如何如何讲卫生……"

　　我们反问它们："那你们的士兵为何那样肌黄面瘦呢？为什么不按个人所需要的食量让他们吃饱呢？"

　　敌人无话可答。

　　我在外边听了半天，进了坑道。里面一位负责前沿小组的班长正在油灯下很安然（地）看报纸①呢，他面前守着一个木炭火盆，当中烧着开水。在他的身旁放了好几支冲锋枪，还有手榴弹之类的武器。另一边有两个战士正在睡觉，是在轮班监视敌人和轮班休息。

　　如果不知坑道200公尺以外有敌人的人们，看了这种情形，一定会不知道这是战场，夜以继日地和敌人对峙着的勇士们就是这样（地）战斗着，生活着。在这样的地方，我们在一定的有利条件下，就主动向敌人反击，歼灭它一些，就迅速返回。敌人打炮，我们就钻进坑道里。只听得上边爆炸的声音，震得耳朵嗡嗡地发响，再没有别的反（应）。

　　我也要在这里住一夜——和勇士们一起分享这战斗的寂静的夜，决（定）明天拂晓到外边观看一下敌人的阵地。

　　炮声隆隆，敌人又开始了它最拿手的好戏。这是它惊慌的表现，因为在这漆黑的夜里，不知什么时候就会在它们的屁股后面出现志愿军的勇士们，打它个猛不防得胜而归，这是敌人最头疼也是最害怕的。所以，一到十点钟左右的时候，它们就用炮盲目（地）乱轰一阵。

2月17日　好几天没洗脸

　　钻了两天的坑道，一般没有什么重要的事都不让出来，且把它当成一个自觉遵守的纪律。白天，我们的前沿小组只留一两个人监视敌人，其余全部进入坑道轮班休息。

---

①　本书作者回忆，当时班长看的是《人民日报》。

昨天晚上，我因听咱们的广播没有很好睡觉。这几个联络员给敌人喊话，这几天答话很少，他们很焦急。因为这部分敌人是刚换来的，受我们的教育还少，再加（上）他们军官对他们严格的限制和欺骗宣传，这是很自然的。不过，只要经过我们耐心的、长时间的瓦解和解释我们的(宽大俘虏)政策后，(敌兵)是可以在思想上起变化的。他们几个在那谈着我们听不懂的朝鲜语，很热烈，大概他们是在讨论什么问题，我静静躺着听他们。与其说听，不如说看更合适些，看他们每个人的表情都很认真。

开下午饭了，这是下午5点多钟的时间，从早晨5点吃过饭到现在已经12个小时了。天未亮前，趁敌人还未封锁道口的时候，去打了饭。下午天黑下来，再去打下午饭。我们四个人，三个人（是）联络员。(他们)给我们拿来五六个馅饼，据说这是过春节后第二顿饺子，因为不便利包，伙房给烙成了饼,(其他)什么也没有，我们就这样吃了一张，现在很想马上喝到一点水。

这里水实在困难，吃的水全都是从山沟里冒着敌人的炮火捡上来的大小冰块化的。除了喝的外，并且还收存起来很多，以便长远打算。的确，为了这，大家甚至几天不洗脸。即使洗一次脸，一盆水要五六个人共洗。

我进入这个地方，三天来还没有洗一次脸。来往出入坑道，身上很脏，手上很多土和黑的东西。有时不觉往脸上一抹，于是脸上就留下了一大块黑印。怪不得刚才进洞的时候，那个女广播员小李子（我们叫她"小鬼"）笑着同时摸着自己的脸，说一些我们听不懂的朝鲜语。我知道了，拿（小李子给的）镜子一照，果然发现我脸上那块黑，我也笑了，并决心明天洗洗脸。

战争的生活就是这样，哪能像我们平时那样正规、讲究呢！一方面条件不允许，另外谁也顾不得那些了。所关心的是如何打更漂亮的仗和做好自己的工作，而不受无谓的损失。抓紧时间就休息，起来就吃饭。

战争，战争的生活，都能锻炼一个人，他能否在这艰苦的环境里坚持下去，并乐观地过下去，是可以看得出来的。看吧！这个小小的洞子里，所有的中朝人民的战士，总是那样紧张而愉快地（过）着这炮火声中的生活！

我们是勇敢的人，愉快乐观的人，炮弹打不垮我们的意志，炮弹声淹没不了我们的歌声。

我们的歌声和我们的钢铁阵地一样共存，哪里有阵地，哪里就有我们的歌声！

2月18日　和战士们挤在一个洞里

这几天出坑道的时候很少，实在闷得慌。同时，我还想观察一下敌人阵地和他们白天的情形。我请求了一个炮兵参谋同志，他带着我用望远镜观察了一下敌人的阵地。他很热情地给我介绍了我们炮火对敌目标的情况。他说："我们可以随时射击，并炸毁他们的地堡和他们的指挥所。"

我们从上边下来，又到了无后坐力炮班住的洞子里。里面很多人，所以温度比较高。一进口，他们很客气地给我们让出了一个空地方。我们像在自己家一样，挤进去坐下了。冰冷的身子马上得到了温暖，所以引起了我的睡意，不知不觉地睡着了。大概有十分钟光景，我猛地醒了，一看周围的战士们都在看我，我有点不好意思，起来只微微笑了笑。

他们都关心地说："给你我的地方睡吧！"因为快开饭了，我谢绝了他们这样的关怀。

吃饭的时候，赵参谋接到了支队的通知，去开会。我问明情况后，决定和他一块（儿）去参加这个很重要的会议——（决）定作战中的步炮协同问题。

我们背起了自己用的几件简单的东西，挎上枪。我们开始没走交通沟，因为天黑了，敌人看不见。炮弹和机枪都封锁不住我们。我们（抄）了近（道），翻过一座大山，就到了我们营的主阵地。再翻过一座大山——太白山（一千多公尺高）就到了团部，进了防空洞口，（我）又出了一身大汗。衬衣又像从师到团那天一样湿透了，休息一会儿就睡着了。

今天可以脱了棉衣 [①] 睡一夜了，这一夜真幸福！

2月19日　参加作战协同会

八点钟，霍股长 [②] 叫醒了我。（我）赶紧换了衣服，洗了一番。好家伙，半盆水成了黑的！因为9点钟开会，忙着穿上衣服，翻过山头去开会了。

---

① 在前沿坑道里，志愿军指战员因距离敌人太近，要随时做好战斗准备，睡觉不能脱衣，都是和衣而睡的。
② 霍股长，即五九八团政治处宣传股股长。

从上午10点直到下午6点（会议）才告结束。在这个会上，我学习了不少东西，使我了解到军事上的复杂（性）。一个战斗的进行，哪怕是一个最小的反击，也要有周密的计划，互相间的配合，各种火器的组织，对敌情的了解……，真是在打心理战。指挥员的脑子是那样的灵敏，这是科学的战争。

回来后，主任特叫通信员告诉伙房（给我）做饭。我吃了一顿很好的面条。

根据今天所布置的战斗任务，我做了在这个任务当中的拍照计划。明天找主任研究一下，再最后确定。

又困了，准备睡觉。

2月20日　请求上战场拍摄

今天没有做别的事情，休息了一天，看了一天的书和杂志。

早饭后抽了很短的一点时间，和赵副主任①研究了一下我的拍照计划。当我提到要和冲锋部队一块去的时候，他不同意我这样做，意思是怕我出了别的问题，但我坚决地要去。我这样想，战士们能冲向敌人，难道我不能吗？即便我在战争中牺牲了，我也心甘情愿！因为我知道，在这样伟大的时代里，为了亿万人民的幸福和世界的持久和平而贡献自己生命的价值。我不愿意在这样伟大的时代里平庸无奇（地）过去，坐享烈士们用鲜血换来的幸福，因为我站在了这战斗的岗位。

2月21日　读书有感

在寂静的防空洞里，
我读了《卓雅和舒拉的故事》，
从他们开始幸福地活着到他们英勇地死去，
我的心从轻松愉快到紧张悲痛！
我爱他们那样严肃地对待生活和他们的纯洁的性格，
我钦佩他们那大无畏的英雄气概。

---

① 赵副主任，即五九八团政治处副主任。

亲爱的卓雅、舒拉——年轻人的榜样，

你们美丽而伟大的心灵，

你们壮烈的英雄伟绩，

（感）动了多少热血的青年——

教育着他们学习你们的精神，

而严肃地对待以鲜血换来的幸福生活。

因为有你们的榜样，

我们懂得了为什么生活，怎样生活，

又懂得了人生的意义，应该怎样地活又怎样地死。

我们愤怒，以仇视的眼光刺向法西斯蒂！

我们悲痛，悲痛你们的牺牲没有看到今天温暖的共产主义的曙光。

我们骄傲，骄傲你们英雄的气魄创造了历史的奇迹。

我们欣慰，你们的不屈印在了我们的脑际。

你们的精神永远活在人们的心里。

几千年后，下一代子孙会像神话一样地传颂着你们——英雄的姐弟。

2月22日　掌握敌炮规律

今天由团（部）又返（回）二连。

他们正在演习动作。上午讨论关于在战斗中的宣传鼓动工作，要求每个战士都要在战斗中适时地提出鼓动口号。

在我们参加讨论的时候，敌人一直向这里打炮，每两分钟一发，从上午9点打到下午4点。炮弹隔山由我们头上飞过，那声音很难形容，"嗖嗖"，还带着其它很难听的响声。如果没有听过这种声音的人，一定会很怕的，我们就是这样。第一次听到这种声音时，不由自己就随着这种响声而弯下身去，这是很自然的。但能听到声音，炮弹确已飞远了。如果是一种急促的，几乎听不到的时候，那（么）就要赶快卧倒，这种声音表示着（炮弹）距你很近。

现在我们都熟悉了这种声音。尽管炮弹在头上飞叫，谁也不停止工作，但这并不等于大家麻痹，因为大家都掌握了敌人打炮的规律。

自从我们对敌人展开政治攻势和我们树立了积极歼敌作战思想以来，不（仅）是小部队的出击获得了很大胜利，另外我们强大的炮火也给了敌人以很大的杀伤损失。

今天，我们的炮兵三发炮弹摧毁敌人四个地堡、一处弹药库，燃烧了四五个钟头。但这才是对他们严重打击的开始，看吧，几天后我们强大的炮群要给它们以致命的轰击，让它们的阵地变成火海，最后（化）为灰烬！

2月23日　战斗准备

敌人的炮弹仍如以前那样多地向这里打来。但这能管什么用呢？我们住在背弹面的坑道里，照常进行我们的工作——战斗准备。

各小组都检查了自己的决心，要在这次任务中争取立功当硬骨头。班里都在进行军事技术演习，用沙盘研究敌地形，（每）个人都提出自己的战斗方案、预计情况和怎样处理。

一位战士这样说："在冲锋到敌人阵地时，先用手榴弹炸毁它的射击口。如果（它）还向我们射击，我就用麻袋堵住。假使还不能挡住敌人的火力，我要学习英雄黄继光同志——以我的身体向它扑去。"

每一个人都有每个人的计划，我们为什么打，怎样打……战士们都非常清楚，这样高度的政治觉悟和军事素养的部队怎能不在任何敌人（面前）打胜仗呢！

2月24日　实弹爆破演习

早晨4点半钟天未亮，（我）起来和部队一块前去（下山坡）做实弹爆破演习去了。当进入敌人地堡附近，如果敌人不缴枪投降的话，那（么）我们的爆破手（用）那20公斤的炸药去爆破，让它翻个儿，飞到天空。

这次的演习很成功，战士们表现了高度的勇敢精神。一个爆破手当他拉着了导火索以后，又爬了四五公尺就卧倒。一声巨响，三四丈高的火苗穿入空中，随着一股浓烟，四方漫散。

战士们愉快地谈着这次实验的成功和竞赛。这是胜利的预兆，它告诉了人们，敌人要在这声音里飞上天空，粉身碎骨。我们要在这巨响里，继续前进。

这几天战斗气氛很浓。别的不说，我这几天到处听到的、看到的都是关于如何战胜敌人、取得胜利的讨论。我很幸运能在这样的生活里过几天，甚至更长一（段）时间，这对我来说是很需要的，比较深刻地体验一下部队的战斗生活。

两天来，我和大家有一样的情绪——焦急，嫌时间过（得）太慢。急盼，希望战斗的那一天早日到来。当我们的炮火一停，指挥员"时间到！"的声音一发出，我们的突击队像山洪一样地冲下山坡。三个箭头直插入敌人的30号和31号阵地，迫使敌人举手投降，缴获大批武器，押着俘（虏）返回我们的阵地。

不过，不能这样想，应对情况做最艰苦的估计，不然意外的情况一出，会当场惊慌失措。所以，胜利不会冲昏我们的头脑，而失败也不会（使我们）灰心丧气，事先做充分的准备，预料各种困难，而一直走向胜利。

2月25日　重上前沿

几天的政治思想、军事技术准备完成了，今天终于开上了前沿。

早晨6点钟，师文工队代表首长来到了二连驻地，进行慰问演出，欢送。

下午1点钟，在一座山峰下边开始了战斗式的演出。战士们坐在狭窄的石头上和山坡上，来欣赏这些志愿军各部队英雄的节目。在演出开始还不到一刻钟，从上空（飞）来七架敌机，在上空盘旋，并在附近扫射、轰炸。但这里照常进行表演，大家聚精会神地观看，而表演者也同样充满了情感地演唱。

"谁管你这些，我们以愉快心情来接受首长的关心，并以战斗的胜利来回答首长和同志们对我们的关怀。"有的战士猛然抬起那睁大的眼睛，朝着天空的敌机，怒目而视地这样说。

最后一个节目是《一粒子弹一包糖》。这个剧的演出激起了战士们的愤怒。当节目演完了的时候，很多战士自动站起来表示决心说："我要坚决完成任务，为朝鲜的孩子和祖国人民的幸福生活，多杀美国鬼子！"

太阳落山了。在文工队同志们欢送的锣鼓声下，勇士们全副武装进入了交通沟——超过1000公尺高的太白山，直走上前线。

2月26日　电话线 = 生命线

这里是一个步炮协同作战的分指挥所。

昨天晚上此洞里都睡满了人，值班的参谋在接电话。教导员已病两天了，到这里来也没有地方睡觉。我们更不用说了，那只好在这里坐几个钟头。

刚才政教要电话，要了两次才通。他立刻让把值夜班的电话员请来了，第一句就问："你们打盹儿了吧？"

电话员没吭气。

接着，政教严肃地批评了他，说："在这种情况下，你忘记了你的责任——通讯联络要畅通无阻，但你没有执行！"

最后，政教指出："前面战士们在和敌人拼命，而你守电话打盹儿，对得起谁呢？！"

这位接电话员同志很痛心这一时的过错，他表示"以后绝不这样了"，并说明天要写个检讨。他敬了礼，回去了。

是啊，战斗的日日夜夜，激烈的战斗，繁忙的工作，时间是那样的宝贵。正如那天副团长说的："我们不是在计算时、刻、分，而是计算秒！在这次战斗中，要求大家不要提前错后半秒。严格的纪律，要自觉地遵守。如果哪个同志因一时疏忽而失掉时机，那要受到严格的批评或处分！"

批评电话员同志，同时也教育着我，我知道这是一种高度的对战争、对胜利负责的精神。

2月27日　在炮连过夜

昨天很舒服地睡了一夜。

当我到炮连办完事后，天已黑了。我请求连长允许我在他们那里休息一夜，我知道，这里无论如何也比指挥所那里好一些。他答应了，并为我铺了被子和一件大衣。

我很不好意思，说："我不是侵占了战士们的位置了吗？"我请连长把被子拿回去，有一件大衣就完全可以。

但他说："这里有很多被子，因为这里比步兵连好些。"真挚的关切的话，使我不好再推了。9点钟睡去，第二天醒来已快8点了。

2 月 28 日（正月十五）　准备一场大战

祖国要在今天过"元宵节"，到处放火花、鞭炮。我们现在正蹲坑道里，今晚十二时也要过灯节了。时间一到，各种大、小口径的炮齐向敌人阵地轰击，那时会把敌人阵地打成一片火海，（让）敌人抬不起头来。在这时，我们的突击队像猛虎一般地把它堵在（那）里，迫使他们投降。

3 月 1 日　昨夜的激烈战斗

（昨天）晚上一场激烈的战斗：

还差三分、两分、一分、五秒……12 点到时，我们的炮弹像雨点儿一样落到敌人阵地，我们的突击队也冲进了敌人的阵地。三颗红色的信号弹飞上了天空，我们全部占领阵地。钻进地堡里去的敌人听了我们的喊话后还不投降，当我们最后（喊话）："如果再不出来的话，我们就要爆破了！"（敌人）还不出来，我们立刻就（把）20 公斤的炸药拉了导火索。那群顽固的敌人在巨响里飞上天空。全部歼灭敌人后，我们撤出了阵地。

又出了问题，敌人暗堡射出了子弹。看样子里面还有敌人在抵抗，我们需要很快(把)地堡炸毁。三班一个小组奉命带着两个 20 公斤的炸药包去爆破，但刚出坑道口（战士）负伤了！敌人的高射机枪封锁住了我们的出口，还要继续爆破。

这时营长又说："再去一个小组，这次是志愿的。"

他的话音未落，青年团员刘元春第一个说："我去！"在这紧急的关头，他毫不犹疑地和其他两个自告奋勇的战士冲出了封锁，除途中一人负伤外，全部爆破了正在射击的敌人地堡，圆满完成了任务。

我还要记一个英雄的名字，彭广彬。当他冲锋时，一出（洞）口就负了伤，但他没有吭气，一直冲到敌地堡跟（前），拉着了导火索，把敌人的地堡爆破了。回来后，他微笑着向指导员说："报告指导员，我完成了你分配给我的任务，负了一点伤！"

昨天下午 3 点半钟吃了下午饭到今天（下午）的 5 点半，整整 26 个钟头了，当中吃了一个冷馒头，因为战斗的紧张也吃不下去。天还没有黑，我和安干事由前边返回，在途中经过敌炮封锁。我们跑呀！大概是跑了 100 多米左右，实在跑不动了，张着嘴出不来气。找了一个比较隐蔽的山背面休息了一会（儿），晚上7点半才（回）到了指挥所。

3月2日　战斗之后

这支英雄的部队，圆满完成了全歼守敌的任务后，于今天拂晓前彻底撤出了阵地。他们已经两昼夜没有休息了，因为前沿缺水，每个同志的脸上都留下了汗水的痕迹，看来带着几分疲倦的样子，但每个人的脸上都显出自然的、胜利的微笑。

如果没有体会过战争艰苦的人，那么他也就体验不出战争胜利后的愉快。我也轻松了许多，因为几天的忙碌和盼切，终于在昨天亲身体验了一下枪林弹雨下的味道。我真佩服那（些）大无畏的战士，谁有他们那种伟大的气魄呢！明知道出坑道就有生命的危险，但还是自告奋勇地前进，前仆后继，完成任务。我永远忘不了他们那种自我牺牲的精神，确实人人是英雄，个个是好汉！

今天休息了一天，明天就要进行战评，查（评）每个人的功绩。

3月3日　战斗查评会

上午参加了三班的查评会，六个同志报告了他们每一个人在战斗中的表现，完成任务的程度如何，在什么样的情况下，怎样完成的。最后大家一致通过给刘元春同志立一等功，因为他不但完成了自己（的）爆破任务，而且帮助七班完成了（任务）。他一个人共炸毁敌人两个地堡，一大一小，一个敌人抵抗的大洞口，消灭了敌人一个火力点，并且完成了一次通讯任务。但他还是很谦虚地说："我完成得不够好，还有缺点，今后会更加努力！"

现在敌人的炮打得多起来，大概是想报复我们了。从前天我们占领了他们的阵地并消灭了他们两个排的兵力后，（他们）就想以炮火向我们反扑。但这又管什么用呢？我们还是照常在坑道里工作和娱乐。

3月4日　繁忙的指挥所

今天战斗更激烈了。自从我们向敌人反击以来，敌人连续向我们反扑了几次，都被打下去了。但他们还不死心，又用炮火轰击我们的纵深。在炮火掩护下，连番向我们进攻。一共六次，其中最大的一次是两个连的兵力。但在我们强大的炮火下，全被消灭在反扑途中，根（本）就没有让他们接近我们的前沿。

现在敌人还是不断地打炮，妄想封锁我们的运输线。但我们的人员根（本）就没有停止前线的往返，我们几个也是在它们的炮火下，由前边回到了指挥所。

繁忙的指挥所：

在一个宽大的坑道里，左边放着四部电话机（有指挥炮兵的、步兵的、上下联系的）。右边三架步（话）机，以便在电（话）线被打断的时候，用它联系指挥战斗。

参谋们个个忙（得）满头大汗。时间是那样（宝）贵。28号那天晚上将近12点的时候，像蜘蛛网似的电话线全都通向这个指挥所。指挥员看着表，对着送话器说："还差三分、两分、一分、五秒……放！"我们的各种大、小口径的炮一起向敌人阵地轰击。炮弹像一群箭头似的，嗖嗖（地）飞向敌人阵地。

3月5日　回团部

经过二十多天的时间在连队，当中参加了这次反击任务，真正体验了一下战斗。战士们的英勇顽强、挺身而出的英雄事迹使我非常感动，并深深（地）教育了我。他们真称得起"最可爱的人"！

今天由前边回到团（部），准备今天返师（部）。

在这里遇到了兵团①搞文艺工作的张杰同志。以前我不认识他，霍股长给我介绍了一下。这位同志和我谈了很久。询问我这次参加战斗的体验和我所看到的一切，使我感动的事情。我一一都向他介绍了，看起来我成了被访问者了。

---

① 即本书作者所在的中国人民志愿军第二十兵团。

3月6日　回师部

上午12时，我一个人由团（部）①开始行军，下午3点回到了师政宣传科②，正赶上他们吃饭。因走了几十里路，爬了一个山，两腿有些酸疼，特别是右腿③更疼！真讨厌！明天还准备走70里路回军（部）④呢，恐怕比今天更疼。

作为一个志愿军（战士），在这种情况下，要没有一个坚强的体格，怎么能完成艰巨的任务呢？

3月7日　斯大林逝世

一个最大的不幸消息从收音机里传送出来——我们最敬爱的导师、世界劳动人民的领袖斯大林同志逝世了！

在洞里的每个人默默地低下了头，谁也没有发出一声，寂静，只有收音机里播（放着）广播员悲痛的声音。

我们一直立正在那里听完了这个讣告。

这时收音机里播送出了漫长的哀乐，我们的心里像煮沸的开水一样翻滚。敬爱的导师和我们永别了！世界上有多少善良的人们在流泪，我们知道您的逝世是世界和平阵营一个重大的损失，我们说不完对您尊重的话。敬爱的斯大林同志，您还年轻，为什么这样被病魔夺去了您的生命？不过我们深信，虽然您不在了，但我们永远遵照着您生前对我们的教导而继续前进——建设共产主义，让和平的旗帜插遍全世界，和平的阳光照耀到地球的每个角落。

我要永远记着斯大林逝世的时间——1953年3月5日晚9：50（莫斯科时间），我听到（这个消息）的时候是在朝鲜战场上某山上的防空洞里。

---

① 即中国人民志愿军第二十兵团第六十七军第二○○师第五九八团。
② 即中国人民志愿军第二十兵团第六十七军第二○○师政治部宣传科。
③ 本书作者1946年秋在张家口撤退时，从马上摔下来，右腿曾受伤。前文有相关内容叙述。
④ 军，即中国人民志愿军第二十兵团第六十七军。

后　记

　　我眼中的战场虽然是残酷的，但那个年代人们的爱国、积极、乐观、朴实、无畏的精神却带给了我美好的回忆。

　　这几十年来，我在翻看这些历史照片和前线日记的时候，一位又一位鲜活、青春、生龙活虎的战友们涌现在我的眼前，我经常会被他们所感动。他们中有的牺牲在战场，有的以后再也没有联系过，有的已经身故……

　　没有这些最可爱的人，就没有今天的和平生活与盛世繁华。这本书里，我用的都是真实姓名。我想用这本书纪念他们，并记录我们战火中的青春年华。同时，我也想告诉孩子们：和平生活来之不易，你们应该倍加珍惜和捍卫。

　　需要说明的是，这本书从策划到出版得到了王建龙先生、杨静琳女士的大力支持。

　　2017年夏，王建龙先生、杨静琳女士就曾通过友人转述过，他们希望我把拍摄过的历史照片及亲身经历整理出书。我当时很激动，真没想到，我那些封尘70年的照片能有机会面世。我开始动起手来，整理照片。那个时候，我因病刚刚从住了两个多月的医院里出院，身体还非常虚弱，体力不支，精力不足。没过几天，我又病倒了，再次住进了医院。然后，这事就搁置起来。2018年夏，我的身体状况逐渐好转。在儿孙们的鼓励下，在女儿的帮助下，我开始进行写作的口述工作。经过5个月，我们终于完成了初稿。

　　王建龙先生、杨静琳女士对初稿提出了中肯和专业的修改意见。特别是王建龙先生还带病坚持看稿，让我十分感动！

我还要感谢我的老战友曹家麟、李蕴、康力，他们为我提供了回国后有关照片、老战友的近况、历史事件的线索等！

感谢我的影友金志如提供"今日鸭绿江断桥朝鲜一侧的桥墩"照片！

感谢我的老朋友、老邻居、老同事梁澄宇为本书题写书名！

借此机会，我还要感谢中国文史出版社刘未鸣社长、责任编辑窦忠如主任，正是在他们的支持与辛勤工作之下，这本书才有可能与广大读者见面。

感谢所有鼓励、支持、帮助过我的亲朋好友们！

老兵杜文亮

2020 年 10 月 25 日于北京